글나무 시선 05

나사못의 기억

글나무 시선 05

나사못의 기억

저　자 | 권정남
발행자 | 오혜정
펴낸곳 | 글나무
주　소 | 서울시 은평구 진관2로 12, 912호(메이플카운티2차)
전　화 | 02)2272-6006
등　록 | 1988년 9월 9일(제301-1988-095)

2023년 10월 9일 초판 인쇄 · 발행

ISBN 979-11-87716-88-4 03810

값 10,000원

이 책은 **강원** 강원특별자치도, 강원문화재단 강원문화재단 후원으로 발간되었습니다.

나사못의 기억

권정남 시집

등단 36년이란 세월이 흘렀다
내 詩 쓰기는 그때 나 지금이나 처음이다.
어쩌면 처음이라는 말에 설렘과
긴장을 즐겼는지도 모른다.

글 쓰고 책을 엮는 일은
탑塔 쌓는 일인 것을

내 안의 길거나 짧은 문장을
탑신에 넣었다가 뺐다가를 반복한다.
이끼 끼지 않는 언어들이
날개 달고 비상하길 소망하며
절체절명의 언어로 탑을 쌓는다.

기도하듯 오늘도
물집 잡힌 손으로 칸칸이 나를 쌓는다.
아직, 진행 중이다.

2023년 설악의 여름과 가을 사이

권 정 남

차례

2부 마트로시카 그 영원한 모성

차
례

4부 속초엔 속초역이 있다

1부

참빗

비문증

눈앞에 미세한 벌레가
비문飛蚊으로
떠다니는가 싶더니

ㄹㄹㄹㄹ
　　ㅋㅋㅋ
　　　ㅆㅆㅆㅆ

아침 한나절
안경에 딱 붙어 꼼짝 않는다
닦으려고 하면 금세 사라지고
안경을 쓰면 또 달라붙어
나를 조롱하고 있는
비문非文들

절절한 문장도 못 되는 것이

지켜본다는 것

방충망에 붙어 있는 나비 한 마리
아파 누워 있는 나를 지켜보고 있다
장맛비 내리는 아파트 창가에 매달려
툭툭 방충망을 치다가 젖은 날개 파닥인다

내 어릴 적 신열을 앓을 때
밤새 나를 지키던 할머니 눈빛도 그랬다
지난해 병실 창가 소나무도
그렇게 나를 지켰다

말없이 지켜본다는 것은
조용히 바다를 들어 올리고
산 하나를 움직이게 하는 것과
맞먹는다는 것을

한 사람을 일으켜 세우는 일이란 것을
나는 기억한다
병실 창가에서 미동도 않고 파수병처럼
나를 지켜보던 나비의 눈빛을

마디

연둣빛 가지와 잎들을
대나무가 흔든다
부러지거나 휘지 않도록
잠시, 성장을 멈춘 마디들이
대숲을 푸르게 키우고 있다

숱한 날 잠 못 이루고 웅성거리던
내 안의 축軸들 마디마다 욱신거린다
우후죽순 매듭을 딛고 자란 봄날의 시련
몸속 진액을 끌어 올려 키워 낸 생장점들이다

대나무처럼 올곧고 푸르기 위해
매 순간 바람 앞에 나를 채찍질한
삶의 마디, 마디들
그 단단한 매듭들이 생을 끌어 올린다

내 안의 캄캄한 물관부와 무성한 푸른 잎들
그동안 나를 키워 온
마디 앞에 경건해진다.

담에 걸렸다

평생 일면식 없이 지내던 등이
얼굴이 보고 싶다며 신호를 보낸다

내가 누굴 만나고 무엇을 하는지
목소리까지 다 안다고 하며
뒷목을 당기며 날갯죽지를 비튼다
전류에 감전된 듯 어혈이 접착제로 붙어
오른쪽 어깨부터 손끝까지 움직일 수 없다
그런 나를 사람들이 '담에 걸렸다'고 한다

옛 친정집 담牆 위에는
밤이면 달과 별이 걸려 있고
낮이면 박넝쿨과 구름이 걸려 있었는데
날지도 못하는 내 날갯죽지가 담에 걸렸다

등과 얼굴이 한몸인데 모른 척하며
평생을 서로 담牆 쌓고 산다
풀 수 없는 수수께끼라며
등이 밤마다 나를 고문한다.

목발

어디로 가는 걸까
다리가 움직일 때마다
뿌리 없는 나무 한 그루가 흔들린다

눈 아래 세상이 위태위태하다
허공에 매달린 몸이
거미가 되어 휘청거리고
돌아보니 내가 없다

까마득한 땅과 발바닥 사이에서
목발이 내 겨드랑이를
팽팽히 당기고 있다

발아래가 절벽이다
이정표가 없는 길 위에서
혼자 쉼표로 서 있다.

놋그릇을 닦다

보름달을 닦는다

달 속에서
할아버지의 할아버지가
할머니의 할머니가
버선발로 웃으며 걸어 나온다

집안이 축제처럼 들썩이는 날이면
식구들은 멍석에 꿇어앉아
기왓장 가루를 지푸라기에 묻혀
기도하듯 달을 닦고 또 닦는다

종갓집을 지켜온 고방 속 놋 제기들
그 형형한 눈빛이
터줏대감의 꼿꼿한 자존심이고 사리다

오늘도 보름달을 닦는다
놋그릇에 비친 내 얼굴에
아버지와 엄마가 마주 보며

걸어 나온다

발자국마다
달의 살점이 묻어 있다.

참빗

가자미를 구웠다
등속 빳빳한 뼈를 들어내니
결 고운 참빗이다

할머니 임종 전날 머리 빗겨 드리고
찾아도 보이지 않던 참빗이 여기까지 왔다
반야선 타고 저승 가는 길에
레테 강*을 건너시다가 물속에 빠뜨렸나 보다

그 빗이 먼바다로 흘러흘러 떠돌다가
가자미 등뼈가 되어
손녀 밥상에 올라왔다

그리운 참빗
뼈만 남은 할머니 손을 어루만진다.

* 레테 강 : 그리스로마 신화로 망자가 저승길을 가면서 건너야 하는
  다섯 개 강물 중에 하나인 망각의 강 이름

흑갈색 구름 뭉치

중년이 빠져나간 머리카락들이
솜처럼 가볍다

한 올 한 올 새털처럼 뭉쳐진
미세한 사연들
내 안의 상처들이 나를 바라본다

돌아갈 수 없는 시간들의 결정체
혼돈의 시간 속에서
나를 지켜 주던 검은 실핏줄
치열했던 삶의 파편이다

내 몸을 빠져나간 머리카락들
한 시절 반란을 꿈꾸던
처연한 흑갈색 구름 뭉치다.

통점痛點, 향기로 피어나다

내 안에 통점이 자라고 있다
세상 모서리에 부딪혀 힘들 때
문갑 위 편종을 친다

언젠가 월정사 새벽 범종 소리에
무릎 꿇고 흐느낀 적이 있다
긴 종소리가 나를 쓰다듬어 주고
지옥에서 고통받는 자들의 통증까지
어루만져 주는 듯했다

성덕대왕의 신종* 에밀레의 긴 울음이
서라벌 사람들의 통증을 연꽃으로 피워 냈듯이
오래된 종소리는 깊고 융숭한 소리를 낸다

오늘도 종을 친다
내 안에서 부식되지 않는 상처들
그 긴 여운이 푸른 메아리 되어
통점, 향기로 피어나다.

* 성덕대왕의 신종 : 신라 성덕대왕 때 만든 종. 에밀레종이라고도 함

핑크뮬리는 해종일 바람을 당긴다

분홍빛 풍선이 허공에 날아다니고
붉은 머리띠를 한 소녀가
풍선을 잡으러 언덕을 쫓아다닌다

모네의 양귀비 들판에
연분홍 양산을 쓰고 분홍치마를 입은 엄마가
장엄한 노을이 되어 이승을 떠나고 있다
머리띠를 한 소녀의 등 뒤로
핑크뮬리는 해종일 바람을 당기고
붉은 깃발이 서쪽 하늘에 펄럭인다

노을을 배웅하며 엎드린 채
눈물 훔치는 분홍 억새들
핑크뮬리, 들판 가득
내 어릴 적 붉은 풍선이 날아다니고 있다.

별이 빛나는 밤에

—고흐

눈송이만 한 노란 별들이
사이프러스 나무 정수리를 휘감는다
밤하늘을 껴안고 소용돌이치는
멈추지 않는 물보라다
스무 살 적 내 안에 떠돌던 별들이다

'별이 빛나는 밤에' '밤을 잊은 그대에게'
심야 시그널 뮤직이 라디오에 흘러나오던 그 시절
설익은 고독이 노란 별이 되어 요동칠 때
내 안의 사이프러스 나무도 자라기 시작했고
별이 빛나는 만큼 내 어둠도 깊어 갔다

그때마다 나는 여문 꿈을 위해
허공을 향해 소리쳤고
다시 밤하늘을 건너가던 목화송이들이
포말이 되어 출렁일 때면
문밖에 서 있던 고흐가 뚜벅뚜벅
내 몸속으로 걸어 들어오기 시작했다.

바늘귀를 꿰다

좁은 문을 통과하기 위해
검지를 맴돌며
실과 바늘이 술래잡기한다

과녁을 명중하기 위한
잡힐 듯 잡히지 않는 시행착오들
긴 숨바꼭질이다

삶의 중심보다 변두리에서
보일 듯 보이지 않는
바늘의 귀를 찾아 먼 길 돌아
평생을 시간 밖에서 서성이던
내 모습이다

흔들리는 돋보기를 고쳐 쓰며
다시 실을 꿰지만
꼿꼿한 바늘의 자존심 앞에
자꾸만 내가 찔린다.

화기火氣

한밤중 열을 잰다
사십 도에서 떨어지지 않는다
마음 밖으로 해소하지 못한 묵은 원願들이
나를 들볶아 몸을 달구고 있다

일본 여행에서 화기火氣를 품은
산봉우리를 본 적이 있다
방금이라도 화산이 폭발할 듯
연기 따라 불씨들이
산등성이를 건너뛰고 있었다

오랫동안 삭이지 못한
내 안의 화火들이 불씨가 되어
내 몸에 다홍빛 배롱 꽃이 되어
피어나고 있다.

책을 엮는다

내 안의 탑을 쌓는다

하늘의 높이와 땅의 깊이를 가늠하며
크고 작은 돌과 돌 사이 길거나 짧은 문장을
넣었다가 뺐다가를 반복하며
이끼 끼지 않는 언어들이
날개를 달고 비상하길 소망하며
탑신을 올린다

길 없는 길을 더듬어 설산을 오르듯
칸칸이 배신하지 않는 언어들을
물집 잡힌 손으로 깎고 다듬어
깊은 밤 기도하듯 층층 나를 쌓는다

견고한 탑 한 채를 세우기 위해
글 쓰고 책을 엮는다는 건
나와 만나는 일인 것을
고뇌와 희열의 쌍곡선 줄타기다.

아버지의 책

칠십 년 책꽂이에 서 있던
아버지를 내린다

빛바랜 아버지의 뒷모습에
손때가 묻어 있다
건드리면 부서질 듯 나뭇잎 같은
책장을 한 장씩 넘긴다

책갈피마다 밑줄 그으며
써 내려간 잉크 빛 글자들
숲처럼 빼곡한 말 없는 말들이
한 권의 묵시록이다
딸에게 하지 못했던 이승의 말들이
아버지 눈빛이 되어
웃는 듯 우는 듯 나를 바라보고 있다

까슬한 손을 잡듯
책 속의 지문을 어루만진다
울컥 체온이 전달된다

기억에도 없는
아버지의 얼굴과 목소리들
피가 되어 내 몸을 타고 든다.

높은 구두를 신지 않기로 했다

젊은 날 높은 구두 신는 것을 좋아했다
반듯한 허리와 키가 커 보이는 만큼
내 오만은 한 치씩 자랐다

나무처럼 빽빽한 사람들 틈새로
자작나무처럼 높아지고 싶어
도시 거리를 걷다가 보면
긴장의 늪에 발이 빠지기도 했다
굽 높은 구두를 신고 절뚝이며
세상을 몇 바퀴 돌아온 지금
이젠 높은 구두를 신지 않기로 했다

굽이 낮은 구두를 신고 스스로 낮아지니
다른 사람들의 발자국이 눈에 들어오고
아프게 걸어온 내 길들이 선연하게 보인다

더 낮아져야 한다고
지나가던 바람이 내 정수리를 내리친다.

어금니를 뽑다

입 안의 뿌리가 질기다

무슨 미련이 있는 걸까
잇몸을 움켜잡고 있는
고집이 여간 아니다

고목의 질긴 뿌리 같은
오래된 화석이
입안에 터를 잡고
평생을 뾰족하니 함께했다

그 뿌리의 뿌리가 내 안에
깊숙이 자라고 있었다
삭이지 못한 오래된 아집을
뽑아내는 중이다.

2부

마트로시카 그 영원한 모성

나사못의 기억

식탁 아래 나사못이 굴러다닌다
틈과 틈 사이에 조여 있던
자기 자리를 못 찾는다
뒤틀린 몸으로 평생 식탁을
떠받들었는데
기억을 놓쳐 버린 나사못
해쓱한 얼굴로 종일 거실 바닥을
뒹굴고 있다

식솔들의 나사못이 되어
한 치 틈 없이 팽팽히 삶을 조이며
살아오신 아래층 할머니
나선형 길 위에서 기억을 놓아 버리고
자신마저 잃어버린 채
묵은 시간 속에서 서성이신다

문득 한겨울 매서운 바람이
반듯한 기억 하나 주워 들고
쏜살같이 달아난다.

마트료시카* 그 영원한 모성

한평생 만삭의 몸이다
출산 예정일이 없는 그녀
뱃속에 품은 딸 속의 딸들
반짝이는 푸른 눈동자
층층 유전자가 닮았다

광활한 땅 뿌리를 위해
몸 안에 겹겹 공든 탑을
키우고 있는 그녀
탑 속의 작은 탑들 칸칸이 숭고하다

눈 마주치면 미소로 반겨 주는
목각木刻의 딸, 딸들
한 번씩 만삭의 배를 열어
세상의 빛을 보여 주는

마트료시카, 그 영원한 모성을

* 마트료시카matryoshka : 같은 모양의 목각 인형이 여러 개로 겹쳐
  져 있는 러시아 인형

외로움의 극지極地

외로움의 실체를 만나다

출근길 도로와 인도 사이 경계석을
할머니가 물걸레질하고 있다
팔에 힘주어 마룻바닥 닦듯
윤기 나게 닦는다

곁에 있던 자식 같은 은행나무가
왜 길바닥을 닦으시냐고 하자
바쁘니 말 걸지 말라고 하며
육년 째 외로워서 닦는다고 한다

날리는 은행잎이 할머니 등을 토닥여 주자
거울 닦듯 닦고 또 닦는다
그 누구도 침범할 수 없는 눈물 같은 그 자리가
당신의 성소이고 생의 피안임을
차와 사람이 쉼 없이 다니는 도로변에

남극과 북극보다 더 냉혹한
외로움의 극지가 있음을

언총言冢

형체가 없는 말言들이 묻혀 있다

바벨탑보다 높은 말의 탑이 난무하자
사람들은 말言 무덤*을 만들고
그 비석을 세우니 새들과 바람이 조문한다

밤이면 내려오는 달빛과 별빛
풀벌레 소리와 연둣빛 새소리들이
봉분 위 새싹으로 환생하면

오랜 세월 흙집에 갇혀 있던
거짓말, 이간질, 화냈던 숱한 말들이
곰삭아 발효되어
세상이 향기 나는 꽃밭으로 만들어질까

무덤을 나온 정제된 말의 씨앗들이
햇살이 되고 노래가 되어 훨훨 공중에 날아다니다가
지상의 반짝이는 별이 될까

* 말言무덤 : 경북 예천군 지보면에 있는 언총言冢으로 조선시대에 만듦

미궁*에 들다

가야금 선율에
죽음과 삶의 현이 물결처럼 출렁인다
언어 이전의 원초적 웃음과 울음
여인의 비명소리 공포의 절정이다
죽은 자의 혼을 불러내는
흐느끼듯 이승을 건너가는 신음 소리
손바닥의 앞면과 뒷면 같은
살아 있음이 꽃자리인 것을
가야금 선율에 휘감기는
삶과 죽음의 긴 실타래

미궁迷宮에 들다.

* 미궁 : 故 황병기 님이 작곡한 가야금 연주곡

바라춤을 추고 싶다 2

은행잎으로 날리던
못다 핀 꽃들이 땅바닥에 떨어진다
엎드린 채 층층 탑이 된 잎들
밟혀서 몸부림치다

죽음의 귀신을 내쫓던 핼러윈에
158여 송이 눈부신 꽃들이 잠적했다
심폐 소생술도 못 해보고
어디로 갔는지 아무도 모른다

돌아오길 소원하며
양손에 연꽃을 받쳐 들고
가지를 떠난 남은 은행잎들이
둥둥 북소리에 맞춰
허공에서 바라춤 추고 있다

'돌아오라고, 돌아오라고'

시월 마지막 날

보름달 같은 바라를 들고 둥둥 두둥둥
158여 송이 눈부신 꽃들과
저승과 이승의 경계에서
질펀하도록 바라춤을 추고 싶다.

버스 안, 나무 두 그루

버스 앞자리
반바지에 모자 쓴 나무 두 그루
가지를 움직이며 쉼 없이
떠드는데 소리가 없다

아버지와 아들인 듯
두 나무는 서로 손을 폈다가 접으며
소리 없는 소리로 얘기를 주고 받는다
눈빛과 표정이 바뀔 때마다
손가락 끝에 매달린 언어들이
춤추듯 울다가 웃는데
버스 안은 물밑처럼 고요하다

번쩍이는 소리로 가득한 세상을
열 손가락으로 타진하며
자기 몫의 삶을 끌고 가는
눈이 맑은 나무 두 그루

어느 봄날

깃털처럼 날려 버렸는가
세상을 다 뒤져도 찾을 수 없는

잃어버린 노래여
슬픈 언어여

침묵은 변이變異를 꿈꾸게 한다

한밤중 누가 울고 있다
냉동고가 흐느끼는 소리다
얼어 있던 몸이 마룻바닥에
눈물을 쏟아 낸다

만년설 빙하가 신음을 한다
알프스의 어깨와, 허벅지 살점이
거대한 얼음 조각이 되어
바다를 꿈꾸며 투신한다는 뉴스와

카이로 박물관 미라들이 긴 숙면에서 깨어나
박제된 몸을 뒤척인다

황금관을 쓰고 누워 있던
18살 투탕카멘이 다시 파라오를 꿈꾸기 위해
눈물을 흘리고 있다는 보도를 접했다

제행무상諸行無常*
오래된 침묵들이 눈물 흘리며

변이를 꿈꾸고 있다

냉동고가 오늘 밤
눈물을 멈추지 않는다.

* 제행무상諸行無常 : 모든 것은 멈춰 있지 않고 변한다는 뜻

풍설야귀인風雪夜歸人

세찬 바람이 나뭇가지를 흔들고
흰 두루마기가 눈보라를 끌고 간다

날리는 눈송이들이
얼음 조각 되어 등 굽은 노인의
옷섶을 파고드는데

세상과 타협 못 하는
성깔이 불같은 화가는
자신의 눈을 찌르고
일필휘지 자화상을 그린다
동자와 굽은 지팡이가 곤두박질치듯
눈보라를 뚫고 걸어간다

비수 같은 고독이 회오리치는 밤
초가집 검둥이 한 마리
화선지 밖으로 뛰쳐나온다.

*풍설야귀인風雪夜歸人 : 조선 정조 시대 산수화 화가 최북이 그린 그림

간섭하는 가방

누구를 만나고 어딜 가야 될지
내 스케줄을 가방이 결정한다

대부분 가방의 디자인과 로고를 보고
그 가치를 흥정하며 수군거린다

외출하는 내 신발과 옷차림을
꼼꼼히 챙기며 말할 때도 조신하라며
명품 가방이 나를 간섭한다
귓속말로 다른 가방도 주시해 보라고
당부하길래

사람한테는 바코드가 없어서
모두가 명품이라 해도 들은 척 않는다
끈으로 어깨를 짓누르며 내 몸과 생각을
자기 멋대로 끌고 다닌다

가방이 무겁다 내가 없다.

틈새가 틈새를 키우다

직립으로 된 담벼락 중심에
기우뚱 틈이 생겼다
시멘트로 덧바르지만
금이 간 속내는 메워지질 않는다

보이지 않는 틈새가 틈새를 키운다
햇볕이 틈새를 쓰다듬어
보도블럭 사이 민들레를 피워 내고
등 굽은 소나무가 바위틈에서
뿌리를 내리며 우뚝 서는데

사람과 사람 사이
겨자씨만 한 틈이 자라서
물이 엎질러지듯 세찬 물살에
서로 손잡을 겨를도 없이
휩쓸려 떠내려가기도 한다.

그렇게 틈새는 사람 하나를
들었다가 내려놓기도 한다.

월광백*을 마시다

달빛을 우려내다
겨자 빛 선하고 맑은 영혼
차茶방 가득 은은한 파문이 인다

초사흘 달이 만월로 피어나는
선한 둥근 미소
고요한 우주의 소리
내 안에 잉태된 달의 노래다

찻잔 속 멈춘 듯 흔들리는 달빛
만삭이다.

* 월광백 : 보이차 종류 중의 차로 달빛에 말린 차 이름

슬픔의 전이

울음의 원조는 어디서부터일까

시외버스 터미널 안 중년 여인이
무릎에 얼굴 묻고 몸부림치며 운다
며느리인지 딸인지 조용히 어깨를 감싼다

터미널 안이 온통 강물로 출렁이고
지하수처럼 고여 있던 내 안의 울음이 함께 출렁인다
나무와 꽃, 새들의 울음이 다르듯
세상에 울음들은 저마다 색깔이 다른데

대동강변 백수 광부 아내*의
긴 울음 타래를 생각하며
여옥*의 시를 읽다가 왈칵 울어 버렸다

슬픔의 전이는 꼬리가 길다.

* 백수 광부 아내 : 고대가요 〈공후인〉에 등장하는 인물
* 여옥 : 〈공후인〉을 쓴 저자

벽壁들의 아우성

벽들이 웅얼거리며 반란한다
위층 아파트가 리모델링하는지
벽에 걸려 있던 가족사진과 그림들이
고요를 거부하며 아우성친다
귀를 파고드는 드릴 소리
벽의 심장을 뚫는 비명 소리
시멘트 부스러기에 어깨를 파묻고
완강하게 버티던 벽이 무너진다
집이 흔들리고 내가 흔들린다
십수 년 견고하던 자존심이
해체될 때 오는 절박감
돌아갈 수 없는 먼 미로 같은
공허함
내 안의 성城이 아우성친다.

양귀비 날다

불꽃 이글거리는 들판

붉은 입술 달싹이며
현종*을 유혹하던 양귀비가
生과 死의 길목에서 객혈을 한다

양산 쓴 여인들이
왁자지껄 붉은 웃음 흘리며
손수건 흔들자

앞서거니 뒤서거니
날갯짓하는 다홍치마
양귀비 허공을 날고 있다.

* 현종 : 양귀비를 사랑한 당나라 6대 황제

쥐, 잠 못 이루다

종아리 근육이 뭉쳐서 저리다
낮에 긴장한 탓인지 다리에 쥐가 났다

오래전 농가 주택에 머무른 적 있다
추워진 날씨 때문에 한밤중 쥐들이
천정을 쏘다니며 찍찍댔다
그날도 잠을 이룰 수가 없었다

매월 25일 쥐 잡던 어느 날
쥐덫에 걸린 몇 마리 쥐가 처마 아래
잘린 다리와 꼬리를 남기고 도망갔다
내가 무슨 짓을 했는가
순간, 정신이 아뜩했다

그 쥐들의 원혼이 오늘 밤
내 다리 근육을 당기다가 탱탱 감아서
돌아누울 수가 없다

쥐, 잠 못 이루다.

지렁이의 고뇌

납작한 돌멩이 위에 엉켜서
고뇌하고 있는 두 마리 지렁이
영랑호 갈대밭 사이를 온몸으로
밀고 올라와 탈진되었다

종족 보존을 위한 짝짓기
태양과 눈 맞추며 달구어진 돌멩이에서
울음을 토하며 사투를 벌이다가
주검이 된 지렁이
흰나비가 허공을 선회하고
민들레 홀씨가 허리 굽혀 조문한다

죽고 사는 일이 하나이듯
지렁이 운구를 옮기기 위해 모여든 개미들
습지 마타리꽃 숲을 향해
앞서거니 뒤서거니 한다

고요하다.

3부

문득, 천년의 미소가

흰색에 홀리다

리비아 사막 둔덕
이팝꽃이 나뭇가지에 흔들리고 있다

생전에 즐겨 입던 할머니의
흰 저고리와 치마가
이팝꽃 나무에 걸려 펄럭인다
그 흰옷이 나를 본 듯
흙바람 속에서 몸부림치며
내 이름을 부른다

이역만리 업장소멸을 위해
이승의 한복 나뭇가지에 걸어 두고
맨발 뜨거운 사막을 건너
극락에 드셨는지

모래바람 아우성치는 날
리비아 사막을 지나다가 왈칵 달려드는

흰색에 홀리다.

왕가의 계곡*

기원전 삼천 년경의 빛들이
쏟아지는 고분 속
다양한 벽화와 문양들이
아우라로 출렁인다

수 세기 전 파라오들이
둘러앉아 장기를 두고 있다
내세를 설계하며 죽어서도
神이 되길 간절했던 그들

전생을 기록한
호루스신*께 앵크*를 바치기 위해
무릎 꿇은 저 파라오들

영생을 꿈꿨던 무덤 속 궁궐
유품이 도굴될까 쫓고 쫓기는
깊은 왕가의 계곡을
황금 마스크 미소년 투탕카멘이
반짝이는 눈으로 지키고 있다

오늘도 동굴 속을 기웃대는

이승의 관람객들한테

파라오들은 추파 던지며 휘파람 불고 있다.

* 왕가의 계곡 : 이집트 신왕국 파라오들의 공동 묘역으로 도굴꾼들
  의 방지를 위해 만든 지하 계곡
* 호루스신 : 하늘의 주인을 상징하는 매의 신으로 이집트에서 태양
  을 숭상하는 신이다
* 앵크 : 윗부분이 고리모양이 십자가로 고대 이집트에서 영원한 생
  명과 자유를 상징하는 장식

문득, 천년의 미소가

살다가 힘들 때
문득, 천년의 미소가 떠오른다

불 땡볕 캄보디아 유적지 바이욘 사원
하늘 찌를 듯 허공 속 꽃이 되어 흔들리는
181개 염화시중의 미소들

검버섯 핀 얼굴에 천둥 번개, 폭우가 때려
어깨와 이마에 금이 가고 코가 뭉개져도
입가엔 연신 웃음을 흘리고 있다

중생을 구제하려 해탈을 꿈꾸며
돌에 갇혀 돌을 벗어나 부처가 되고자 했던
묵상에 든 저 만다라
이역만리까지 들린다 돌들의 숨소리가

내가 울고 싶을 때면
문득, 내 이마를 짚어 주던
환한 천년의 미소를

바람의 옹이

추암 바닷가 돌기둥마다
파도 이빨 자국 수북하다
능파대 바위틈마다
소금에 절여진 울음이 들끓고
석림石林에 갇혀 있던
고독의 아우라들이 웅웅거리며
내 안의 옹이와 몸 섞는다
백사장을 한 입 베어 물고
비명 같은 울음을 토해 내던
바람의 옹이들
헛바닥 넘실대며 쫓아오는
푸른 뱀을 유혹하다가
촛대 바위를 감아 오르며
제 살 물어뜯고 있다.

사막의 해

사막에 별들이 떠난 자리 해가 떠오른다
석류가 객혈하듯 붉은 물결로 출렁이는 모래들
불가마 되어 자글자글 제 몸을 끓이고 있다

하늘을 찌를 듯 중천을 떠돌던 해가
오벨리스크 두 개 돌기둥 사이에
둥근 사과로 끼어 있다가
나일강 하구에 붉은 낙관 찍어놓고
갈대 밭머리에 투신한다
까무룩 출렁이는 울음들

사막의 태양 람세스*와 모세*
그 뜨겁던 우정과 배반이
카르나크 신전 꼭대기에서
붉은 깃발로 펄럭인다.

* 람세스 : 기원전(1303년~1213년) 이집트 신왕국 19왕조 제3대
  파라오
* 모세 : 이스라엘의 종교적 지도자이며 민족의 영웅

누에 깃을 치다

중국 계림에서 분홍 비단 이불을 샀다
고치 속 윤기 나는 명주 실타래를 풀어
한 땀씩 바느질한 연분홍 진달래밭
산비탈 바람 냄새 가득하다

한밤중 비단 이불을 덮고 누우니
비 오듯 누에들 뽕잎 먹는 소리 들리고
수 세기 전 비단길을 열어가듯
뚜벅뚜벅 사막을 횡단하던
낙타들의 고단한 발자국 소리가 들린다

누에 몸에서 나온 날개가 깃을 치듯
이강*의 눈부신 노을이
방안까지 따라와 넘실거리고
발치 끝
무성한 뽕나무밭 한 자락이 일어선다.

*이강 : 중국 계림에 있는 강 이름

당나귀 귀

중국 여행지에서
당나귀 귀 요리를 먹었다

갈대밭에서 이발사가 외치던
"임금님 귀는 당나귀"라는
소리가 메아리처럼 들려
그 요리를 먹을 수 없었다

가끔은 사람들이
"절대 소문내지 마, 비밀이야"
쫀득한 남의 비밀을 귓속말로 해줄 때
내 귀는 즐거웠다
발설해서는 안 되는 말의 유혹들
그래서 당나귀 귀 요리가 더 맛있었던 것일까
혼자만 아는 비밀 때문에 가끔
허공을 향해 이발사처럼
나는 소리치기도 한다

문득, 당나귀 귀 요리를 생각하다가

차마고도 절벽 고갯길
짐 실은 당나귀 귀가 펄럭이던 모습이
실루엣으로 스치고
방울 소리 쩔렁쩔렁 내 귀를 흔든다.

케냐 커피를 내리다가

컵 안에 흔들리는
검고 윤기 나는 흑진주
13세 소녀 와리스다리*의 눈빛이다

낙타 다섯 마리 받고
예순의 할아버지한테 팔려 가기 싫어
캄캄한 사막 짐승 소리를 밟고
소말리아를 탈출하는 그녀

쏟아지는 별들 갈 곳이 없다
삶의 이정표는 오로지 북두칠성 뿐

가난이 싫어 성적 학대가 싫어
암흑 아프리카를 벗어나
밝은 세상 자기를 찾으려고
불땡볕 사막을 맨발로 걷고 또 걷는다

케냐 커피를 내리다가
컵 안에 출렁이는 뜨거운 눈물

사막의 꽃

와리스다리의 검은 눈동자다

그녀의 체취가 입안에 번진다.

*와리스다리 : 소말리아 출신 모델 겸 방송인, 사회운동가, 작가. 체
험소설 『사막의 꽃』에 등장하는 주인공 이름

시계에 갇히다

스페인 여행길에서 사 온
명자꽃 문양 부채꼴
작은 도자기 시계가 멈추었다

알함브라 궁전을 두고 떠나야 했던
무어족들의 아픔과
론다 누에보 다리 막막한 협곡
집시 바이올린의 베사메 무초 음색 따라
명자꽃 노을이 무장무장 피어나곤 했지

불 땡볕 이국의 시간들이
부채꼴 도자기 시계에 갇혀 있다
낯선 거리마다 앞서거니 뒤서거니
시침과 분침이 되어 서성이던 내가
멈춘 시간 속에서
꿈틀거리며 깨어나고 있다.

떠받들다

낙산사 매화꽃 절정이다

바다 건너온
흰나비들이 일제히 비상하고
천천히 범종 소리를 들어 올리는
꽃 이파리들

보타전 앞
만개한 수정꽃들이
팽팽한 고요를 떠받들고 있다.

본지환처 本地患處

고깔모자 쓴 흰나비들이
통일대불 앞에서 바라춤을 춘다
꽹과리 날라리 소리가 울음을 끌고 간다

물집투성이 몸으로
태평양 건너 바람으로 떠돌던
성자의 화상畵像이 돌아왔다

총소리 대포 소리
한국 전쟁에 사람이 다치고
가족만이 헤어진 것이 아니다

영취산*에서 설법하던 부처님의 화상畵像
영산회상도靈山會上圖와 시왕도十王圖가
전쟁 통에 사라졌다가 66년 만에 고국에 돌아왔다
찢어지고 해체된 몸
꿈에서도 설악산을 흔들던 바람 소리
바다 건너 이역만리에서 불면의 밤을 설쳤다

태평양 건너 영산회상도와 시왕도가
설악산 신흥사로 돌아온 축제의 날
사부대중, 설악산 나무들과 바람, 계곡물까지
맨발로 뛰쳐나와 일주문 앞에서 오체투지 한다

본지환처本地患處*
본래 있던 자리로 돌아온다는 건 눈물겹다

버선발로 뒷걸음치다가 다시 돌아서는
고깔 쓴 흰나비 떼
금빛 바라로 청남 빛 하늘을 펼치자
설악산이 서기瑞氣로 일렁인다.

* 영취산 : 부처님이 법화경을 설법하던 북인도에 있는 산 이름
* 본지환처本地患處 : 원래 있던 자리로 돌아온다는 뜻

71

삼족섬三足蟾을 쓰다듬다

홍연암 처마 아래 삼족섬*을 쓰다듬는다

염불 소리에 귀를 키우던
황금두꺼비 얼굴에 내 손이 닿자
붉어진 눈 끔뻑이며 빙긋이 웃는다
그를 쓰다듬으면 재물이 들어오고 소원이
성취된다는 말에 사람들은
황금두꺼비를 쓰다듬으려고 땡볕에 줄 서 있다

내 몸에 감긴 고뇌의 사슬을
부처님 앞에 풀어놓고 왔는데
다리가 셋인 황금두꺼비 이마와 발을
붙잡고 손을 떼지 못하고 있으니
지나가던 바람이 어깨를 툭 친다

돌아보니 거품을 입에 문 파도가
삼족섬 얼굴을 쓰다듬으려고 내 뒤에 바짝 붙어 있다.

* 삼족섬三足蟾 : 두 가지 소원을 들어준다는 다리가 셋인 상상 속 황
  금두꺼비

가마솥 앞에서 경經을 읽다

령통사 뒤뜰 매운 연기 자욱하다
초하루, 보름, 재齋 지낼 때마다
공양주보살 가마솥 뚜껑 여닫으며
사부대중 고뇌도 함께 안친다

아궁이 장작이 꽃불로 타오르면
설설 끓는 무쇠솥 안에
여문별이듯 탐, 진, 치
사부대중 번뇌도 하얗게 익히며
묵언수행 매운 눈물 서너 말씩 쏟아 낸다

신 새벽, 쌀이 별이 되도록 생의 간절함을
익혀내는 공양주보살
가마솥 앞에서 경經을 읽는다.

천은사 일주문 앞에서

문은 열려 있는데 들어가지 못한다

절이 바로 저기라는 말만 듣고
울울창창 금강송을 거느리며
숨차게 오른 가파른 길
물소리, 새소리 색색 야생화들이
빛이 되어 길을 터주는데
절은 끝내 보이질 않고, 길 다하는 곳에
이승휴* 기침 소리만 쩌렁쩌렁 두타산을 흔든다

맑아져야 하느니라 버려야 하느니라
허공 끝에서 들리는 환청

일주문 앞
천은사* 사천왕이 문빗장 잠그며
내려가라고 등을 떠민다.

* 천은사 : 강원도 삼척에 있는 사찰
* 이승휴 : 고려 시대의 학자, 문인, 『제왕운기帝王韻紀』를 집필했음

능陵을 거닐다

햇살이 봉분을 쓰다듬는다
기지개를 켜며 천년 잠에서 깨어나는
별들의 무덤

죽은 자와 산 자가 번득이며 눈 마주치자
자작나무 껍질에 매달려 있던 흰색 천마天馬*가
고분을 뛰쳐나와 이승과 저승을 건너뛰고
햇살이 요령을 흔들며 뒤를 따르는데

한 시대를 호령하며
영생을 소망하던 오래된 왕과 왕비들
대릉원* 댓잎이 그들 전생을 흔들고 있고
서라벌의 함성이 봉분 위로 흩어진다

뒷짐 진 늦가을 햇살이 용포 자락을 끌며
능과 능 사이를 거닌다.

* 천마天馬 : 신라시대 경주 천마총에서 출토된 말다래에 그려진 흰말
* 대릉원 : 경주 황남리에 조성된 고분 공원

비자림을 읽다

하늘과 땅 사이
가부좌 틀고 있는 새천년 비자나무*
천수천안 관음보살이다

어깨마다 팔 걸친 숲의 제왕
구백 살 비자나무 위로 면사포 쓴 아침 햇살이
묵언수행 천년 성지를 지킨다

연둣빛 번쩍이는 새들의 노래
부르지 못한 내 노래 한 소절이다

천수천안 나무의 근육질마다
연초록 소원지 매달아 놓고
생명이 꿈틀거리는 깊고 아늑한
성지聖地

4월, 비자림을 읽다.

* 새천년 비자나무 : 제주시 구좌읍 비자림에 있는 수령 900년 최고
  령의 비자나무

스마트폰을 낚아 채이다

돌창을 손에 든 머리 헝클어진 남자와
물고기를 손에 든 아들이 나를 보고 손 흔든다

활활 장작불에
물고기와 멧돼지 굽기에 골몰한
가슴이 드러난 그의 아낙을
스마트 폰으로 찍고 또 찍었더니

순간 허벅지 근육이 탄탄한 원시의 남자가
빛보다 빠른 몸짓으로 달려와
잽싸게 내 손의 스마트폰을 낚아채더니
갈대밭 쪽으로 몸을 날린다

원시 문화와 신문명이 쟁그랑
번개 스치듯 충돌한 자리에
타임머신은 어지럼증을 앓고
움막을 지나 선사 유적지를 벗어날 때쯤
회오리바람이 내 손에
스마트 폰을 꼭 쥐어 주고 달아난다.

4부

속초엔 속초역이 있다

슬픈 바지랑대

오징어들이 허공에서
만국기처럼 펄럭이던 때가 있었다

맨발로 달려온 흥남, 신포, 바람들
덕장 가득 울부짖는 소리에
청호동 앞바다는 밤을 뒤척였지

긴 세월 빛바랜 빨래로 널려 있던
눈이 붉은 오징어들
하나둘 북망산으로 떠나고

70년 청호동 하늘을 떠받들던
슬프고도 긴 바지랑대
뒤태도 그림자도 남기지 않고
삐거덕 그렇게 사라졌다.

속초엔 속초역이 있다

전쟁이 끝나자 속초역이 사라졌다
청호동 판잣집과 오징어 덕장이
자취를 감춘 저 만치에 아파트가 들어서고
기차소리 들리지 않는다

피난보따리 머리에 이고
속초역 플랫폼을 빠져나올 때
눈물 훔치며 따라 나오던 기적소리

오징어 배따고 그물 깁던 손길들
영혼이나마 고향땅으로 가려는 듯
이북오도민 묘역, 이산 일 세대 봉분들이
휴전선 지나 북쪽을 향해 달려가고 있다

삼일 후면 돌아가리라 했던
실향민들 가슴에 칠십 년 동안
울고 있는 원산행 기적소리

분명, 속초엔 속초역이 있다.

허물벗기

달빛 쏟아지는 속초 동명항
파도는 은빛 모래밭에
몸 비비며 허물을 벗는다
청남 빛 표피를 벗겨 내며
제 살 도려내 듯
물이랑마다 번쩍이는 은장도로
달의 문신을 한 땀씩
경건하게 새기고 있다

보름밤이면 달과 파도는

청호동이 없다

선글라스에 걸린 웃음들
호객 행위와 수다에 비린내 대신
돈 냄새 풀풀 날리는 아바이 마을

갯배에 실어 나르던 생선 함지박
그물 깁던 아마이, 아바이들
판잣집 문 앞 흩어진 신발과
〈가을동화〉 포스터까지
실향민 박물관으로 모두 이사를 갔다

백사장 흰 파도들만
낯선 듯 수군거리며 몰려다니는

청호동엔 청호동이 없다.

반성문을 쓰다

잎 떨어진 담쟁이 줄기가
신흥사 돌담에 반성문을 쓰고 있다
할 얘기가 많은지 일필휘지다

구름 잡듯 끝없이 오르려는 욕망 때문에
담벼락 어깨와 등을 밟고 올라간 죄
단풍 들면 힐끗힐끗 법당을 염탐하며
현란한 옷자락과 붉은 입술로 보살들을 희롱한 죄

반성문을 쓴다는 건 참회하는 일

때론 나 스스로 욕망 때문에
누구를 힘들게 하지 않았던가
그럴 때마다 바람 부는 들판에 서서
머리 풀고 고해성사하듯 나를 쏟아 내곤 했지

신흥사 담쟁이 줄기가
새벽 예불 소리 들으며 가슴에 참회록 같은
반성문을 쓰고 있다 빼곡하다.

명부전冥府殿 꽃살문

죽음과 삶의 경계에 피어난
아름다운 나무꽃

초파일 명부전에 영가등 단다
지장보살 님께 삼천 배 올리면
꽃 문살마다 연둣빛 싹이 올라와
모란꽃 붉게 흔들리며 피어나고
만개한 국화꽃에 벌이 날아드는 날

반야선 타고 떠난 아버지와 할머니
저승길 돌아 돌아 삼베옷 벗어 두고
버선발로 나에게로 다시 올까

신흥사 명부전 꽃살문 활짝 벙글어
향기 가득한 그날이 오면
캄캄한 공空의 세계

하늘빛 물길 열릴까

비선대 암각문巖刻文

비선대 바위에 새겨진 이름들
눈보라 세찬 물살에도 깎이지 않고
층층, 너럭바위를 머리에 이고 있다

수백 년 암각문에 갇힌 시인 묵객들
한 명씩 이름을 호명하자
꿈틀거리며 암반 위로 걸어 나온다

계곡을 흔드는 바람 소리, 물소리
호연지기 선비들 글 읽는 소리
얼쑤, 무릎장단 맞춰 창唱 하는 소리에
봉우리마다 설악의 문이 열리고

암각문을 박차고 나온 학鶴이 된 선비들
마고선*이 날던 쪽으로
도포 자락 날리며 유유히 사라지고 있다.

*마고선麻姑仙 : 설악산 와선대에서 노닐던 신선 이름

견고한 고독

토왕성 빙벽 폭포 정수리에
넘어가는 해가 얹혀 있다
누가 켜놓았는가 거대한 촛불이다

사람들은 촛불을 친견하려고
촛농으로 굳어진 차가운 벽에
얼굴을 비비며 거미처럼 오르고 있다

살아가는 일이 때론 빙벽을 오르듯
절체절명 고독 같은 것임을

토왕성 계곡을 빠져나온 세찬 회오리 바람에
촛불은 꺼지고
얼음벽에 매달려 흔들리는 거미들
견고한 고독을 즐기고 있다.

두루미

영랑호 습지 갈대밭 머리
두루미 한마리 날아든다

허공 끝 불탄 소나무 가지 끝에 앉아
구름을 펼쳐 들고 기우제를 지내는지
축문을 읽다가

논바닥으로 내려와
고개 갸웃 벌레 잡다가
다시 엎드려 논에 물을 대고 있다

생전과 다름없으신 흰 바지저고리
등 굽으신 시아버지
여전히 부지런하시다.

등 붉은 고래의 소원

영랑호수 뒷산에 화상 입은
등 붉은 고래 몇 마리가
엎드려 있다

고래들의 전생은 종일 휘파람 불며
새소리와 함께 초록 물결이 되어
산등성에 나부끼던 소나무 숲이었다

4월 화마가 불춤 추며 숲을 태우고
만개한 진달래가 연기 되어 날아가던 날
온몸에 화상 입은 고래들

불길이 쓸고 지나간 산자락에
눈 맑은 새가 날아오고
소나무가 자라길 소원하며
전생이 그리운 등 붉은 고래들
엎드린 채 숨 몰아쉬며 적멸에 들고 있다.

바람의 뿌리

미시령 정상 원조바람을 만났다
바람은 선전포고하듯
진을 치며 돌진하고
구미호처럼 웅크린 고갯길이
구불텅 포효하며 일어선다

세찬 물살에 휩쓸리듯
건너편 울산바위 한 척의 배가 되어
바다로 떠내려갈 듯 지축을 흔들면
내가 바람이 되고 바람이 내가 된다

태곳적부터 들끓던 바람의 뿌리가
설악산 산짐승이 되어 울부짖다가
미시령 고갯마루 비수가 된 바람의 핵이
내 머리채를 휘감는다.

속초, 그리고 오벨리스크

태양신을 숭배하던 이집트 오벨리스크*가
언제부터인가 속초에 상륙했다

다홍빛 아침 해가 바다를 물들이면
사람들은 태양신을 접견하려고 바닷가에 모여들고
투기꾼들은 깃발 흔들며
바람의 방향 잡기에 분주하다

하늘을 찌를 듯 우뚝 솟은
장엄한 불후의 성城 망치 소리 따라
바다가 보이고 층이 높을수록
아파트는 미다스 손이 된다
갈매기들이 일제히 피켓 들고
방파제 위에서 아우성치지만

속초, 그리고 오벨리스크
파도들의 벽돌 쌓기는 아직 끝나지 않았다.

*오벨리스크 : 기원전 이집트 왕들의 업적을 기록해 놓은 화강암 돌기둥

소리는 흙이 되고 먼지가 되고

벽을 붙잡고 있던 지붕들이 하나둘 주저앉더니
전시戰時도 아닌데 한 마을이 무너진다
이름하여 재개발이라 한다

대문 앞 개 짖던 소리와
식구들 숟가락 부딪던 소리
교회당 찬송가 소리가 사라지고 있다
기억 속 포성 소리와 북쪽 고향에 두고 온 이름들
한 마을 웃고 울던 소리들을
포크레인이 연신 토해 놓는다
마지막까지 버티던 마당 가
파꽃과 유채꽃들 윙윙대던 벌들이
비명을 지르며 흙더미에 깔린다

전쟁을 삼키고 역사를 삼켜 버린
한 마을이 사라진 자리에
사막 같은 정적이 회오리치고 있다
흙이 되고 먼지가 되어 날아간
오래된 기억 속 슬픈 소리, 소리들

달이 신음하고 있다

환청이 들린다
허공을 가로질러 설악을 오르던
보름달이 신음하고 있다

고층 아파트와 건물이
우후죽순으로 올라와 길 잃은 달이
콘크리트 벽과 벽 사이에 끼어
빠져나오질 못하고 있다

한때는 산과 바다의 배경이 되어
사람들의 그리움과 상처를 쓰다듬어 주었는데
허공과 땅, 넓은 천지를 향유하던
달의 터전이 사라졌다

늦은 밤
일그러진 얼굴로 숨 쉴 수 없다고
달이 신음하고 있다
나도 잠 못 이룬다.

방호복 수비대

몸이 흰 옷에 갇혔다
얼굴 없는 적과
싸우기 위한 전투복이다

밤낮을 떠도는 코로나 바이러스
유령 같은 적을 전멸하기 위한
흰 로봇 수비대다

삶과 죽음의 경계에서
손에 힘 주어
생명줄을 뜨겁게 당기면
이마 위 땀방울은 진주가 된다

팽팽한 강적을 막기 위한
방호복 차림의 우주인
오늘도 흰 성城에 갇힌 채
수천의 흰 날갯짓으로
비상을 꿈꾼다.

거리 두기

쓰레기장과 공터를 배회하던 고양이
승용차 밑에 웅크리고 있다가
쏜살같이 도망간다

외출하고 돌아오면
흑진주 같은 애원의 눈망울
난 일부러 거리두며 못 본 척했다

언제부터인가 고양이가 사라졌다
이빨 빠진 밥그릇과 못 본 척했던
내 정情 하나가 바람에 뒹군다

한때 나를 바라보던 그의 눈빛을
싸늘히 멀리 한 적이 있다
이젠 손닿을 수 없는 거리에 있는 그
깊고 먼 시간 속으로 황량한 바람만 분다

저만치. 고양이 울음이 환청으로 들린다.

만남, 내 詩 앞에서 문을 두드리다

권 정 남

만남, 내 詩 앞에서 문을 두드리다

권 정 남(시인)

1. 詩에 홀리다

내 문학의 발원지는 유년 시절 자연과의 만남으로부터 시작이 됐다. 그 이후로 두 번의 계기가 더 있었다. 그 첫 번째는 십 리 학교 길을 걸어 다니면서 눈앞에 펼쳐지는 사계절 자연의 숨소리와 변화무쌍한 풍광이 내 상상력을 자극했다.

두 번째 계기는 이십 대에 서울 명동거리에서 우연히 '〈시인의 집〉 회원 모집'이라는 현수막을 보고 회원 가입을 했다. 그날 이후 닥치는 대로 책을 읽고 시 쓰기를 반복했다. 남산도서관에서 모임을 가지며 동인지 『시소리』 발간 및 시 낭독을 하면서 시의 단맛을 느끼게 되었고 서서히 詩에 홀려들기 시작했다. 감성이 예민한 나이다 보니 대양大洋 같은 도시 한복판에서 詩라는 늪에 발이 빠지고 말았다.

유년 시절 자연의 두근거림과 설렘이 나에게 시적인 영감靈鑑을 주었다면 세 번째 시와 만나게 된 계기는 속초에서만 볼 수 있는 산과 바다·호수, 거대한 대자연과의 만남이다. 시를 사랑하는 '설악문우회' 즉 〈갈뫼〉 회원들과의 만남이다. 그 무렵 두레박을 가슴에 내려 시를 끌어 올리면 시가 바닥이 날 것만 같았다. 그런데 다시 샘물 같은 시상詩像이 가슴에 고이곤 했다. 그렇게 속초에서 시를 쓰면서 내 중년의 삶도 익어 갔으며 시를 생산하기 위한 피드백이 활발하게 진행되었다.

시인 에머슨은 "두 종류의 시인이 있다. 하나는 교육과 실습에 의한 시인, 우리는 그를 존경한다. 또 하나는 타고난 시인, 우리는 그를 사랑한다."라고 했다. 나는 두 종류의 시인 중 어느 쪽일까. 학습에 의한 시인일까, 아니면 태어날 때부터 재능을 타고 난 시인일까 어느 쪽도 좋다. 시인으로 나를 거듭나게 한 낯선 속초에서 나를 만나기 위해 수년 동안 쓴 내 詩 앞에서 문을 두드린다.

2. 내 안의 뿌리와 그 원초적 이미지Image

요즘 내 글쓰기는 프로스트가 얘기하는 무의식의 세계를 건져 올리는 일이다. 세상에 나를 있게 한 원초적 뿌리와의 만남이다. 세상 속에서 우연히 시적 대상을 만나게 되면 그것과 연관되는 까마득히 잊고 있던 수십 년 전의 일들이 섬광처럼 뇌리를 스치고 지나간다. 빙산의 일 각 같은 그 순간을 바로 메모하며 무의식 세계에 두레박 을 내린다. 내 안에 깊숙이 똬리를 틀고 있던 무의식의 세 계가 그 순간 내 소중한 창작의 보고寶庫로 건져진다.

바쁘다는 핑계로 이 세상에 나를 존재하게 한 뿌리를 잊고 살아왔다. 중년의 어느 날 문득 그 뿌리들이 칡넝쿨 이 되어 내 몸과 영혼을 감아 오르는 섯을 느끼게 되었다. 캄캄한 동굴 같은 무의식의 세계에 갇혀 있던 소중한 혈 육들이 내 안에서 싹을 틔우며 자라기 시작했다. 순간 뿌 리, 원초적인 이미지에 대해서 쓰지 않고는 못 배기게 되 었다.

가자미를 구웠다
등속 빳빳한 뼈를 들어내니
결 고운 참빗이다

할머니 임종 전날 머리 빗겨 드리고
찾아도 보이지 않던 참빗이 여기까지 왔다
반야선 타고 저승 가는 길에
레테 강을 건너시다가 물속에 빠뜨렸나 보다

그 빗이 먼바다로 흘러흘러 떠돌다가
가자미 등뼈가 되어
손녀 밥상에 올라왔다

그리운 참빗

뼈만 남은 할머니 손을 어루만진다.

―「참빗」 전문

   내 시는 대부분 사물을 보고 느낀 연상 작용이나 보고 듣고 느끼는 영감靈感 즉 메타포에 의해 쓰어 진다. 가자미를 먹다가 살을 다 발라낸 후 등속의 빳빳한 뼈를 들어내니 영락없는 참빗이었다. "할머니 임종 전날 머리 빗겨 드리고 / 찾아도 보이지 않던 참빗이 여기까지 왔다 / 반야선 타고 저승 가는 길에 / 레테 강을 건너시다가 물속에 빠뜨렸나 보다" 참빗은 가자미가 되어 바다에 흘러 떠돌다가 손녀의 밥상에 오른 것이다. 무의식의 세계에 갇혀 까마득 잊고 있던 할머니의 참빗이 가자미 뼈를 보는 순간 연상 작용에 의하여 다시 참빗이 된 것이다. 그러고 보니 이승과 저승을 넘나들며 만남과 헤어짐이 반복되는 윤회 속에서 인연설과도 연관이 된다. 손녀딸을 키워준 할머니를 오매불망 못 잊어 그리워하다가 '참빗' 같은 한 편의 시를 쓰고 나서야 마음이 정화된 듯 카타르시스를 경험하게 된다.

   강영환 시인은 「시와 소금」 문예지에서 「참빗」 시를 보고 '사물이 된 시는 그 자체로 생명력을 가지고 있다. 살아 있음으로 해서 좋은 시다. 살아 숨 쉬는 시는 영원성을 얻는다. 진솔한 시는 한 시대를 관통하는 정신이 있고 한 사

람의 마음을 관통하는 의미로 우리 시대의 삶을 보여준
다.'라고 했다.

　　보름달을 닦는다

　　달 속에서
　　할아버지의 할아버지가
　　할머니의 할머니가
　　버선발로 웃으며 걸어 나온다

　　집안이 축제처럼 들썩이는 날이면
　　식구들은 멍석에 꿇어앉아
　　기왓장 가루를 지푸라기에 묻혀
　　기도하듯 달을 닦고 또 닦는다

　　종갓집을 지켜온 고방 속 놋 제기들
　　그 형형한 눈빛이
　　터줏대감의 꼿꼿한 자존심이고 사리다

　　오늘도 보름달을 닦는다
　　놋그릇에 비친 내 얼굴에
　　아버지와 엄마가 마주 보며
　　걸어 나온다

발자국마다

달의 살점이 묻어 있다.

─「놋그릇을 닦다」 전문

시 「놋그릇을 닦다」도 「참빗」과 같은 맥락으로 쓰여진 시다. 그릇 가게에서 우연히 놋그릇을 보고 연상 작용에 의해서 씌어진 시다. 60여 년 동안 무의식 세계에 갇혀 있던 겨자씨만 한 시의 씨앗이 발아한 것이다.

친정집 할머니는 안동 권씨 종갓집 종부로 일 년에 열두 번이 넘는 기제사와 명절 제사를 모셔왔다. 유년 시절 학교에서 돌아오면 할머니와 고모, 엄마 등 식구들이 멍석에 둘러앉아 지푸라기에 기왓장 가루를 묻혀 달을 닦듯 정성껏 제기를 비롯해서 놋그릇을 윤기 나도록 닦는다. 고무장갑이 없던 시절이라 손은 모두 숯 검뎅이가 되어 있었다. 그렇듯이 살면서 세상과 겪은 과거의 모든 경험은 창고 즉 뇌세포에 저장되어 있게 마련이다.

"무한정 넓게 펼쳐진 무의식의 세계가 바다라면 의식은 그 한 가운데에서 생기는 섬 즉 빙산 같은 것이라고" 융이 말했듯이 사람들은 빙산 같은 의식의 세계에 매달려 바쁘게 종종걸음치며 살아가고 있다. 그러다가 컴퓨터 수천 대와 맞먹는 무의식의 세계에 갇혀 있던 창작의 모티브가 예술 활동에 활용되는 것이다.

내 어릴 적 신열을 앓을 때 / 밤새 나를 지키던 할머니 눈빛도 그랬다 / 〈중략〉 // 말없이 지켜본다는 것은 / 〈중략〉 // 한 사람을 일으켜 세우는 일이란 것을 / 나는 기억한다

—「지켜본다는 것」 중에서

리비아 사막 둔덕 / 이팝꽃이 나뭇가지에 흔들리고 있다 // 생전에 즐겨 입던 할머니의 / 흰 저고리와 치마가 / 이팝 꽃 나무에 걸려 펄럭인다 / 흰옷이 나를 본 듯 / 흙바람 속에 서 몸부림치며 / 내 이름을 부른다

—「흰색에 홀리다」 중에서

시 「지켜본다는 것」 「흰색에 홀리다」 두 편 모두 까마득 한 무의식의 세계에서 건져 올린 시다. 살아가면서 내 시 선이 머무는 곳엔 늘 할머니가 자리하고 있었다. 어릴 때 신열이 날 때마다 할머니는 밤을 새우며 나를 지켜보셨 다. 그 지극한 정성이 오랫 동안 내 삶 속에 스며 있는지도 모른다.

작품 「흰색에 홀리다」에서는 리비아 사막에서 나뭇가 지에 매달린 흰 종이들이 이팝 꽃처럼 흔들렸다. 흰 한복 을 입고 나무에 매달려 나를 부르시던 할머니 목소리가 바람 속에 환청으로 들려왔다. 위의 두 시의 공통적인 주 제는 「참빗」 시와 마찬가지로 할머니에 대한 원초적 그리 움이다. 생전에 내가 아플 때 나를 지켜보시던 할머니 눈 빛을 잊을 수가 없다. 저승에 가셨어도 흰 종이옷을 입고 사막 끝에서 목이 쉬도록 내 이름을 부르고 계셨다.

칠십 년 책꽂이에 서 있던 / 아버지를 내린다 // 〈중략〉 책 갈피마다 밑줄 그으며 / 써 내려간 잉크 빛 글자들 / 숲처럼 빼곡한 말 없는 말들 / 한 권의 묵시록이다 / 딸에게 하지 못했던 이승의 말들이 / 아버지 눈빛이 되어 / 웃는 듯 우는 듯 / 나를 바라보고 있다 // 까슬한 손을 잡듯 / 책 속의 지문을 어루만진다 / 울컥 체온이 전달된다 // 기억에도 없는 / 아버지의 얼굴과 목소리들 / 피가 되어 내 몸을 타고 든다.

―「아버지의 책」 중에서

　아버지에 대한 추억이 거의 없다. 그러면서도 아버지를 소재로 여러 편의 시를 썼다. 이승에 존재하지 않는 혈육에 대한 그리움은 날이 갈수록 커진다. 아버지 역시 종갓집 대를 이을 종손이었지만 지병으로 일찍 돌아가셨다. 집에 아버지의 흔적이라곤 거의 없는데, 벽장 속 건드리면 부서질 듯한 공부하던 책이 탑처럼 쌓여 있었다. 중년이 지난 어느 날 아버지의 영어책을 꺼내서 펼쳐봤다. "책 갈피마다 밑줄 그으며 // 써 내려간 잉크 빛 글자 / 숲처럼 빼곡한 말 없는 말들 / 한 권의 묵시록이다 / 딸에게 하지 못했던 이승의 말들이 / 아버지 눈빛이 되어 / 웃는 듯 우는 듯 나를 바라보고 있다." 그 책은 단기 4283년 4월에 출간된 책으로 마른 낙엽 같다. 누런 책갈피마다 70년 전 아버지의 지문이 체온으로 전달이 된다. 빛바랜 책을 통해 까마득 잊혀졌던 아버지가 내 가슴 안으로 저벅저벅 걸어 들어와 부녀는 해후를 하게 된다.

한편 제5 시집에 실린 「달빛으로 오시는 이」 시 일부다. "음력 구월 보름, 향 피우고 촛불 켜자 / 달빛으로 오시는 이 〈중략〉 // 갓 서른에 세상 떠난 아버지와 육십 대 딸이 / 마주 앉자 서로 낯이 선 듯 말이 없다 / 짧았던 이승의 인연 기억 할런지 몰라 / 늦은 밤 소지 올리며 배웅하자 / 보름달이 창창하다 / 달빛으로 오셨다가 떠나신 자리 / 잡수시던 밥그릇 뚜껑 열자 / 이팝 꽃 가득 눈물 담겨 있다." 음력 구월 보름 제사를 모시며 상상의 세계에 갇혀 있던 아버지에 대한 막연한 그리움을 달빛에 비유해서 쓴 시다. 이렇듯 무의식의 세계에서 건져 올린 이미지들은 현실에서 보고 듣고 느끼는 의식의 세계보다 훨씬 크고 방대하다. 사실은 의식의 역할이 섬이라면 그 밑에 있는 무의식의 영역은 바다와 같은 의미로 해석이 된다.

〈상략〉 내 안의 축軸들, 마디마다 욱신거린다 / 우후죽순 매듭을 딛고 자란 봄날의 시련 / 몸속 진액을 끌어 올려 키워 낸 생장점들이다 // 대나무처럼 올곧고 푸르기 위해 / 매 순간 바람 앞에 나를 채찍질한 / 삶의 마디, 마디들 / 그 단단한 매듭들이 생을 끌어 올린다

—「마디」 중에서

내 성장 과정을 작품해설로 쓰려고 하니 내 詩가 나에게 면담을 신청해 온다. 철이 들면서 가족사를 비롯하여 이 세상에 나를 존재하게 했던 내 영혼의 마디를 생각하

게 된다. 대나무를 자라게 해주고 키워 주는 것이 마디이듯 내 안의 뿌리, 즉 그 원초적 이미지들이 그 역할을 해주었다. 내 어깨를 두드려 주며 결국 나를 이끌어 준 생장점이며 마디들이 나를 지금껏 키워 왔다. 그러면서 대나무처럼 올곧고 푸르기 위해 매 순간 삶의 바람 앞에 나를 채찍질해 왔다. 그동안 나를 키워 온 마디 앞에 경배하는 마음이다.

3. 슬픔의 전이, 타인의 아픔이 내 아픔이 되다

앞의 글들이 내 안의 뿌리를 찾아가는 글이었다면 스치고 지나가는 인연의 길 위에서 타인의 아픔이 내 아픔이 되어 오래도록 통증으로 남아 있을 때가 있다. 그 상처 때문에 잠을 뒤척이다가도 시로 쏟아내고 나면 아팠던 마음이 치유가 된다. 그렇듯이 삶의 중반기를 지나며 타인의 아픔이 전이되어 내 가슴에 못이 되었음을 자주 경험하게 된다.

> 식탁 아래 나사못이 굴러다닌다
> 틈과 틈 사이에 조여 있던
> 자기 자리를 못 찾는다
> 뒤틀린 몸으로 평생 식탁을
> 떠받들었는데
> 기억을 놓쳐 버린 나사못

해쓱한 얼굴로 종일 거실 바닥을
뒹굴고 있다

식솔들의 나사못이 되어
한 치 틈 없이 팽팽히 삶을 조이며
살아오신 아래층 할머니
나선형 길 위에서
기억을 놓아 버리고
자신마저 잃어버린 채
묵은 시간 속에서 서성이신다

문득 한겨울 매서운 바람이
반듯한 기억 하나 주워 들고
쏜살같이 달아난다.

　　　　　　　　　　　　—「나사못의 기억」 전문

　위의 시는 이번 6번째 시집 제목이기도 하다. 오래된 식
탁에서 나사못이 빠져서 거실 바닥에 돌아다니는 걸 가끔
본다. 나사못은 제자리를 벗어나면 틈새를 조이고 있던
자기 자리를 기억하질 못해서 다시 돌아가지 못한다.

　항상 단정하고 정 많으시던 아래층 할머니가 아파트 마
당이나 도로변에서 길을 잃어버려 자주 헤매신다. 치매라
는 반갑지 않은 손님이 찾아온 것이다. 몇 번을 손잡아 드
렸지만 집은 물론 내가 누구인지도 기억을 못 하신다. 힘

든 현실에서 허리띠 조여 가며 열심히 살아와 박수 받으셔야 하실 분인데 안타까웠다. 치매는 고령화 사회에서 흔히 접하는 질환으로 사회문제가 되고 있다. 그 질환이 누구한테나 올 수 있는 남의 일이 아님을 절실히 느끼면서 쓴 시이다.

> 출근길 도로와 인도 사이 경계석을 / 할머니가 물걸레질하고 있다 〈중략〉 곁에 있던 자식 같은 은행나무가 / 왜 길바닥을 닦으시냐고 하자 / 육년 째 외로워서 닦는다고 한다 〈중략〉 // 그 누구도 침범할 수 없는 / 당신의 눈물 같은 그 자리가 / 당신의 성소이고 생의 피안임을 / 차와 사람이 쉼 없이 다니는 도로변에 // 남극과 북극보다 더 냉혹한 / 외로움의 극지가 있음을
>
> ─「외로움의 극지極地」 중에서

고령화 사회에서 흔히 볼 수 있는 연세 든 어르신들의 외로움에 익숙한 모습이다. 우리 사회에서 수준 높은 복지정책을 펴고 각종 문화센터에서는 어르신들의 육체적 · 정신적 건강을 위해 다양한 강좌로 다가가고 있다. 외로운 할머니 한 분이 사람 구경을 하기 위해 아침 출근 시간대에 추우나 더우나 길바닥에서 6년째 물걸레로 경계석을 닦고 있다. 사람과 차들이 많이 다니는 출근길 도로변에 "남극과 북극보다 더 냉혹한 / 외로움의 극지가 있음을" 침묵으로 호소하는 할머니의 절절한 메시지다. 누구

나 필연적으로 늙어 감을 거부할 수 없다. 우리들 스스로의 자화상이기도 하다. 도로변 경계석에서 6년 동안 외로움을 닦으시는 할머니를 통해 고령화 사회의 심각한 사회문제를 시로 짚어 봤다.

> 손수레 위에 힘겹게 쌓아 올린 / 신문지와 헌책, 종이박스들 / 부너질 듯 굴려가는 공든 탑이 / 돌탑보다 단단하고 성스럽다 〈중략〉 // 무한시공을 끌고 가는 저 수행자 / 아침을 깨우고 세상을 거울처럼 닦으며 /부처처럼 정중히 탑신을 모시고 / 타박타박 / 빙판길 성지를 순례하고 있다.
>
> —「종이탑」 중에서

시 「종이 탑」은 5번째 시집에 실린 시로 영등포역을 비롯해서 KTX 지하철 스크린도어에 게시된 시다. 생활고에 시달리며 추운 도시 골목에서 손수레에 쌓아 올린 종이박스와 폐휴지를 탑처럼 싣고 가는 할머니를 성자에 비유해서 쓴 시다.

이영춘 시인은 「종이탑」 시를 읽은 후 《문예정원》에 "세상을 바라보는 시인의 시선이 따뜻하다. 이 시는 수레를 끌며 노동을 하는 노인을 신선한 이미지로 승화시키고 있다. 노인이 끌고 가는 폐휴지 수거 수레에 마음이 머문다. 노동을 성스럽게 바라보는 그 정서는 노동을 할 수 있는 인간의 존재 가치에 대한 인식의 부여다."라고 했다.

위의 3편의 시들은 복지사회 손길이 미치지 못하는 소

외계층 할머니를 주제로 쓴 시들이다. 물질적으로 풍요로운 현대인들의 삶과 대비되는 고령화 사회의 심각한 문제다. 유년 시절 할머니한테 자라서 그런지 길거리에 나가면 힘든 할머니들의 모습이 먼저 다가와서 마음이 아프다.

은행잎으로 날리던
못다 핀 꽃들이 땅바닥에 떨어진다
엎드린 채 층층 탑이 된 잎들
밟혀서 몸부림치다

죽음의 귀신을 내쫓던 핼러윈에
158여 송이 눈부신 꽃들이 잠적했다
심폐 소생술도 못 해보고
어디로 갔는지 아무도 모른다

돌아오길 소원하며
양손에 연꽃을 받쳐 들고
가지를 떠난 남은 은행잎들이
둥둥 북소리에 맞춰
허공에서 바라춤 추고 있다

돌아오라고, 돌아오라고

시월 마지막 날

보름달 같은 바라를 들고 둥둥 두둥둥

158여 송이 눈부신 꽃들과

저승과 이승의 경계에서

질펀하도록 바라춤을 추고 싶다.

　　　　　　　　　—「바라춤을 추고 싶다 2」 전문

　타인의 아픔이 내 아픔이 되어 견디기 힘들 때가 있다. 슬픔의 전이는 꼬리가 길다. 그 아픔이 오랜 앙금이 되어 트라우마가 된다. 2022년 10월 마지막 날(죽음의 귀신을 내쫓기 위한 헬러윈 데이날) 이태원에서 158송이 젊고 눈부신 꽃들이 사라졌다. 온 나라를 들끓게 하고 세계적인 뉴스가 되었던 믿고 싶지 않은 큰 사건이다. 「바라춤을 추고 싶다 2」는 그들을 위해 흰 고깔모자를 쓰고 가사장삼을 입은 채 하늘과 땅을 품어 안고 둥둥 보름 달 같은 바라를 손에 들고 춤을 추고 싶은 마음에서 쓴 시다. 불교에서 고인의 극락왕생을 위해 재를 올릴 때 추는 춤이 바라춤이다. 꽃다운 젊은 영혼들의 극락왕생을 위해 늦가을 노란 은행잎들이 몸을 뒤집으며 도로변에서 질펀하게 바라춤을 추고 있었다.

　시 「버스 안, 나무 두 그루」에서 "손가락 끝에 매달린 언어들이 / 춤추듯 울다가 웃는데 / 버스 안은 물밑처럼 고요 하다. // 어느 봄날 / 깃털처럼 날려버렸는가 / 세상을 다 뒤져도 찾을 수 없는 // 잃어버린 노래여 // 슬픈 언어여"에서 아버지와 아들이 언어 장애인이다. 버스 안에서 수화를 하며 그들은 떠들지만 그 누구도 관심을 갖지 않는다. 잃어버린 언어와 그들만의 노래를 어디서 찾아야 하는가, 버스 안은 그저 고요하기만 하다.

"내 안의 울음이 함께 출렁인다. // 슬픔의 전이는 꼬리가 길다"(「슬픔의 전이」)는 시외터미널에서 중년 여인이 몸부림치며 우는 모습을 보다가 그 여인의 슬픔이 내 슬픔으로 감정이입 되어 함께 울었던 적이 있다. 슬픔의 전이는 꼬리가 길어 내 몸과 영혼을 휘감아서 시를 안 쓰고는 못 배기게 한다. 사를 쓰면서 울음을 덜어내고 나면 슬픔이 조금씩 희석이 된다.

그렇듯 다른 사람의 아픔이 내 아픔으로 전이되어 힘들 때면 이상국 시인의 「국수가 먹고 싶다」 시 일부가 떠오른다. "세상은 잔칫집 같아도 / 어느 곳에선가 / 늘 울고 싶은 사람이 있어 // 마음의 문들은 닫히고 / 어둠이 허기 같은 저녁 눈물자국 때문에 / 속이 훤히 들여다보이는 사람들과 / 따뜻한 국수가 먹고 싶다" 시를 생각하며 내 스스로를 위로받곤 한다. 세월이 가고 나이가 이슥해지다 보니 슬픔의 전이는 꼬리가 길어 오래오래 내 마음을 휘감아 쥐고 있음을 느끼게 된다.

4. 전율, 예술을 통해 삶을 위로 받다

모든 예술에 있어서 가지는 달라도 뿌리는 동일하다는

느낌이 들 때가 많다. 삶이 힘들 때나 상처를 받았을 때 그림이나 음악·무용 등 예술 작품을 감상하면 상처가 치유되는 경우가 있다. 또한 글을 쓰면서 악기도 연주하고 그림도 그리며 다양한 예술에 접근하다가 보면 폭넓고 깊이 있는 예술을 창작하게 된다.

〈상략〉 설익은 고독이 노란 별이 되어 요동질 때 / 내 안의 사이프러스 나무도 자라기 시작했고 / 별이 빛나는 만큼 내 어둠도 깊어 갔다 // 〈중략〉 다시 밤하늘을 건너가던 목화송이들이 / 포말이 되어 출렁일 때면 / 문밖에 서 있던 고흐가 뚜벅뚜벅 / 내 몸속으로 걸어 들어오기 시작했다.

　　　　　　　　　　　　　—「별이 빛나는 밤에」 중에서

〈상략〉 세상과 타협 못 하는 / 불같은 성깔의 화가는 / 자신의 눈을 찌르고 / 일필휘지 자화상을 그린다 / 동자와 굽은 지팡이가 / 눈보라 속을 걸어간다 // 비수 같은 고독이 회오리치는 밤 / 초가집 검둥이 한 마리 / 화선지 밖으로 뛰쳐나온다.

　　　　　　　　　　—「풍설야귀인風雪夜歸人」 중에서

가야금 선율에
죽음과 삶의 현이 물결처럼 출렁인다
언어 이전의 원초적 웃음과 울음
여인의 비명소리 공포의 절정이다

죽은 자의 혼을 불러내는

흐느끼듯 이승을 건너가는 신음 소리

손바닥의 앞면과 뒷면 같은

살아 있음이 꽃자리인 것을

가야금 선율에 휘감기는

삶과 죽음의 긴 실타래

미궁迷宮에 들다.

—「미궁에 들다」 전문

예술가들은 누구나 창작을 위해 산통을 겪게 된다. 그 무한의 감성 앞에 숙연해질 때가 많다. 예술 속에서 자신을 만나듯 고통과 희열에 젖기도 한다.

「별이 빛나는 밤에」는 친구 고갱과 말다툼을 한 후 귀를 자른 화가 빈센트 반 고흐의 그림 중 〈별이 빛나는 밤〉을 감상하며 쓴 글이다. 생의 말기에 정신병원에 있을 때 남색 하늘과 주먹만 한 노란 별들이 포말 지듯 그려진 그림은 고흐의 불안한 정신세계를 표현한 그림이다. 그림 한가운데 우뚝 솟은 사이프러스 나무는 고흐가 추구하던 이상의 세계이다. 5번째 시집 제목이 『사이프러스 나무 아래서』이다. 고흐 그림에 등장하는 많은 사이프러스 나무 역시 내 삶에 있어서 꿈과 희망을 상징하는 나무로 해석이 된다.

고흐가 자신의 귀를 자른 화가였다면 조선의 후기 화가

최북 역시 고관대작이 탐탁지 않은 그림을 부탁하자 자기 그림에 대한 자존심 때문에 본인의 눈을 찔렀다. 「풍설야귀인風雪夜歸人」은 당나라 시인 유장경의 「봉설숙부용산逢雪宿芙蓉山」 시에서 가져온 그림이다. 손가락에 먹물을 묻혀서 그린 지두화指頭畵로 최북이 휘몰아치는 눈보라를 뚫고 동자와 함께 걸어가는 자화상이 아닌가 하고 추측해 본다. 세상과 타협을 못 하는 등 굽은 노인의 고독이 미수가 되어 가슴을 파고든다. 소스라치는 겨울밤이다.

가끔 고 황병기 님 가야금 연주를 듣다가 보면 보이지 않는 상상의 세계를 꿈꾸곤 한다. 작품 「미궁」은 인간이 가지고 있는 원초적 본능인 희로애락의 감성을 선율에 실었다. 가야금 특유의 서정적인 가락이 아닌 죽음과 삶, 울음과 웃음이 교차하는 전율 속에 해괴하고도 역동적인 가락들이 공포감을 불러일으킨다. 삶과 죽음의 실타래가 가야금 가락에 휘감기듯 소름 끼치는 전율에 휩싸이게 된다. 극과 극의 세계를 영감靈鑑으로 표현한 곡으로 고정관념에 젖어 있던 내 영혼을 흔들어 깨웠다.

글을 쓰면서 그림과 음악 등 다양한 예술세계와 접하다 보면 번뜩이는 영감이 뇌리에 스치게 되고 그 영감은 소중한 창작의 모티브가 되기도 한다. 그렇게 서로 다른 예술세계를 접목하여 글로 형상화시키다가 보면 우주와 같은 세계가 다가오기도 한다.

5. 다의어多義語로 언어유희를 즐기다

　사전적 의미로 다의어多義語란 한 개의 단어에 여러 개의 뜻을 가진 낱말을 말하는 것이다. 글을 쓰다가 보면 가끔씩 다양한 의미가 포함된 낱말이나 단어를 필요에 의해서 쓸 때가 있다. 그러다가 보면 무의식 중에 말놀이 즉 언어유희에 빠져들게 된다. 그런 어휘들을 시나 수필에서 우연히 만나면 글을 쓰고 싶은 충동을 느끼게 된다. 세월 앞에 장사 없듯이 중년에 접어들면 여기저기에 질환이 나타난다. 그 질환들을 시로 표현하며 소리는 같아도 뜻이 전혀 다른 낱말로 글을 쓰면 말놀이 같은 재미있는 표현들이 떠오르기도 한다.

　　　눈앞에 미세한 벌레가
　　　비문飛蚊으로
　　　떠다니는가 싶더니

　　　ㄹㄹㄹㄹㄹ
　　　　　ㅋㅋㅋ
　　　　　　ㅆㅆㅆㅆ

　　　아침 한나절
　　　안경에 딱 붙어 꼼짝 않는다
　　　닦으려고 하면 금세 사라지고

안경을 쓰면 또 달라붙어

나를 조롱하고 있는

비문非文들

절절한 문장도 못 되는 것이

—「비문증」 전문

　오른쪽 어깨부터 손끝까지 움직일 수 없다 / 그런 나를 사
람들이 '담에 걸렸다'고 한다 // 옛 친정집 담牆 위에는 / 밤
이면 달과 별이 걸려 있고 / 낮이면 박넝쿨과 구름이 걸려 있
었는데

—「담에 걸렸다」 중에서

　낮에 긴장한 탓인지 다리에 쥐가 났다 // 오래전 농가 주
택에 머무른 적 있다 / 추워진 날씨 때문에 한밤중 쥐들이 /
천정을 쏘다니며 찍찍댔다 / 그날도 잠을 이룰 수가 없었다

—「쥐, 잠 못 이루다」 중에서

　〈상략〉 '별이 빛나는 밤에' '밤을 잊은 그대에게' / 심야 시
그널 뮤직이 라디오에 흘러나오던 그 시절 / 설익은 고독이
노란 별이 되어 요동칠 때 / 〈중략〉 / 별이 빛나는 만큼 내
어둠도 깊어 갔다 // 〈중략〉 / 문밖에 서 있던 고흐가 뚜벅뚜
벅 / 내 몸속으로 걸어 들어오기 시작했다.

—「별이 빛나는 밤에 - 고흐」 중에서

중년에 흔히 겪는 시력의 노화현상으로 비문증을 써보았다. 비문飛蚊은 눈 앞에 검은 점이나 날파리 같은 물체가 보이거나 떠다니는 것을 말한다. 어김없이 내 눈에도 비문飛蚊이 찾아왔다. 눈을 비비고 안약을 넣어도 계속 따라다닌다. 눈앞에서 어른거리는 비문飛蚊 때문에 절절히 쓰고 싶은 문장이 제대로 안 써져서 비문非文이 되곤 한다.

어느날 오른쪽 등을 비롯해서 어깨 손끝까지 아파서 움직일 수 없다. 침을 맞고 물리치료를 해도 소용이 없었다. 사람들이 '담에 걸렸다'고 한다. 통증이 가시지 않은 어느 날 회귀본능이듯 여름이면 박넝쿨이 걸려 있고 밤에는 달과 별이 걸려 있던 친정집 담牆이 생각이 났다. 통증과 그리움의 대상이 되었던 담이 동음이의어同音異義語가 되어 「담에 걸렸다」 시로 다시 태어났다.

「쥐, 잠 못 이루다」에서 종아리에 쥐가 나서 잠 못 이룰 때가 많다. 수년 전 농가 주택에 머물렀던 적이 있었다. 늦가을 추위 때문인지 들쥐들이 집으로 들어와 천정에서 소란을 피워서 잠을 이루질 못했다. 어휘가 같은 쥐 때문에 잠을 설친 것이다. 잠을 못 이루게 한 쥐라는 어휘가 공교롭게도 동일해서 '쥐, 잠 못 이루다'라는 발상이 떠올랐다.

「별이 빛나는 밤에 - 고흐」에서는 둘 이상의 단어가 모여 문장의 절이나 문장의 구句가 되었다. 빈센트 반 고흐가 정신 병동에서 그린 〈별이 빛나는 밤에〉 같은 그림 제목이다. 1970년대 젊은 청춘들한테 인기였던 모 방송국에 진행하는 심야 음악 프로그램 이름이다. 〈별이 빛나는 밤에〉

는 사춘기 시절 내 희망과 여문 꿈이 별이 될 수도 있지만 어둠도 함께 깊어가는 나의 방황을 의미하기도 한다. '별이 빛나는 밤에' 구旬는 다의어多義語인 동시에 시를 읽는 독자들에게도 전혀 다른 의미로 전달이 되기도 한다.

우리말을 살펴보면 뜻과 소리가 다른 어휘들이 많이 있다. 그 예로 먹는 '밤'과 캄캄한 '밤' 과일 '배'가 있고 우리 몸에 '배'가 있다. 그렇듯이 뜻은 달라도 소리가 같은 어휘를 가지고 창의적 기법으로 시를 쓰다가 보면 언어유희 말놀이하는 느낌이 들 때가 있다. 이러한 어휘들을 발상의 전환으로 글을 쓰면 엉뚱한 생각이지만 창작의 새로운 기법이 열릴 수도 있지 않을까 싶다.

6. 여행, 삶을 충전해 주는 배터리다

누군가 말했다. 독서는 앉아서 하는 여행이고 여행은 서서하는 독서라고 했듯이 여행은 넓은 세상과 만나고 새로운 문화를 접하며 많은 견문을 익히는 일이다. 그러므로 글을 쓰기 위해서는 여행이 필수 요건이다. 매티 멀린스는 "당신이 더 나아지기 위해 노력해야 할 유일한 사람은 어제의 당신이다."라고 했듯이 오늘보다 나은 내일을 위해서는 일상에 갇혀 있던 시간들과 고정관념을 떨쳐 버리고 새로움을 추구하기 위해 떠나야 한다. 그러기 위해서는 여행을 통하여 지나온 삶을 돌아보며 마음의 여유를 갖는 것이 좋은 방법이다. 또 낯선 여행지 곳곳에서 만나는 새로운 경험은 작가를 비롯하여 많은 예술가들한테는 창작의 모티브를 주는 보약과도 같다. 개인적으로 국내외 여행은 내게 있어 활력소가 되고 삶을 재충전해 주는 배터리가 된다. 배터리의 에너지는 길게는 3년까지 가지만 충전 에너지가 소진되면 다시 미지의 세계로 여행을 꿈꾸게 된다.

사막에 별들이 떠난 자리 해가 떠오른다
석류가 객혈하듯 붉은 물결로 출렁이는 모래들
불가마 되어 자글자글 제 몸을 끓이고 있다

하늘을 찌를 듯 중천을 떠돌던 해가
오벨리스크 두 개 돌기둥 사이에
둥근 사과로 끼어 있다가
나일강 하구에 붉은 낙관 찍어 놓고
갈대 밭머리에 투신한다
까무룩 출렁이는 울음들

사막의 태양 람세스와 모세
그 뜨겁던 우정과 배반이
카르낙 신전 꼭대기에서
붉은 깃발로 펄럭인다.

—「사막의 해」 전문

〈상략〉 영생을 꿈꿨던 무덤 속 궁궐 / 유품이 도굴될까 쫓고 쫓기는 / 깊은 왕가의 계곡을 / 황금 마스크 미소년 투탕카멘이 / 반짝이는 눈으로 지키고 있다 // 오늘도 동굴 속을 기웃대는 / 이승의 관람객들한테 / 파라오들은 추파 던지며 휘파람을 불고 있다.

—「왕가의 계곡」 중에서

팬데믹 코로나가 발생하기 직전에 이집트를 다녀왔다. 카르나크 신전을 가기 위해 새벽 6시쯤 리비아 사막을 관통하며 달리는 버스 안에서 사막에 떠오르는 붉은 해를 보았다. 동해 아침바다 일출 못지않게 장엄했다. 곧바로 그 뜨거운 햇덩이를 내 詩 속으로 끌어당겼다. 광활한 모래 위에 이글거리는 태양은 시 「사막의 해」에서 람세스와 모세로 상징이 되고 한때 뜨겁기도 하고 냉엄했던 그들의 우정이 카르나크 신전 꼭대기 붉은 깃발로 펄럭이고 있음을 상상했다.

결국 시 창작 기법에서 중요한 건 비유와 상상이 아닌가. 피라미드와 스핑크스도 기억에 남지만 영생을 위해 설계한 파라오들의 무덤 속 궁궐인 '왕가의 계곡'은 어마어마했다. 중국 서안의 진시황 무덤이 생각났다. 현생보다 내세를 소중히 여기며 죽어서도 영생을 소망하던 파라오들의 수많은 유품들이 이미 많이 도굴되었다. 지금은 안 그렇겠지만 BC 3천 년 전 유적이나 유품들이 관리 소홀로 분실이 된 것이다.

여행은 세 번 독서하는 것이라고 누군가 말했다. 개인적 경험에 의하면 떠나기 전에 여행지에 관하여 예습을 하고, 도착해서는 현장을 체험하며, 보고 듣고 느끼는 모든 것을 다녀온 후에 사진이나 여행 자료를 참고하며 복습하는 것이다. 그러면 완벽에 가까운 서서 하는 독서를 한 셈이다. 기원전 3천 년경의 이집트 역사와 문화를 기록한 소설 『람세스』 5권을 십 년 전에 읽었는데 이집트를 다녀와서 다시 정독을 했다. 그 느낌이 달랐으며 사막의 태양이 가슴에 와닿은 듯 뜨거운 불길이 내 안에서 용솟음쳤다.

〈상략〉 한밤중 비단 이불을 덮고 누우니 / 비 오듯 누에들 뽕잎 먹는 소리 들리고 / 수 세기 전 비단길을 열어가듯 / 뚜벅뚜벅 사막을 횡단하던 / 낙타들의 고단한 발자국 소리가 들린다 // 누에 몸에서 나온 날개가 깃을 치듯 / 이강의 눈부신 노을이 / 방안까지 따라와 넘실거리고 / 발치 끝 / 무성한 뽕나무밭 한 자락이 일어선다.

　　　　　　　　　　　　　　　　　—「누에 깃을 치다」 중에서

또한 여행지에서 인상적이었던 경험을 연상하며 쓴 작품으로 「누에 깃을 치다」가 있다. 중국 계림에서 다홍빛 비단 이불을 산 후 누에와 뽕나무밭을 생각하며 쓴 시다. 「당나귀 귀」는 중국 훈춘에서 당나귀 귀 요리를 보고 발설해서는 안 되는 비밀이 떠올라 당나귀를 연상하며 쓴 시다.

「시계에 갇히다」는 스페인서 사 온 작은 도자기 시계가 멈춘 것을 보고 거리마다 서성이던 기억을 떠올리며 쓴 시다. 「문득, 천년의 미소가」에서는 캄보디아 유적지 181개 미소 띤 석상 큰 바위 얼굴을 보고 삶 속에서 웃음과 미소의 의미를 떠올리며 쓴 시다.

여행지에서 겪었던 전율의 순간들을 메모하고 사유의 과정을 거쳐서 한 편의 시가 탄생되는 것이다. 여행이야 말로 광활한 바다처럼 글을 쓸 수 있는 소재가 무한한 창작의 산실産室다.

고깔모자 쓴 흰나비들이
통일대불 앞에서 바라춤을 춘다
꽹과리 날라리 소리가 울음을 끌고 간다

물집투성이 몸으로
태평양 건너 바람으로 떠돌던
성자의 화상畫像이 돌아왔다

총소리 대포 소리
한국 전쟁에 사람이 다치고
가족이 헤어지는 것만이 아니다

영취산*에서 설법하던 부처님의 화상畫像

영산회상도靈山會上圖와 시왕도十王圖가

전쟁 통에 사라졌다가 66년 만에 고국에 돌아왔다

찢어지고 해체된 몸

꿈에서도 설악산을 흔들던 바람 소리

바다 건너 이역만리에서 불면의 밤을 설쳤다

태평양 건너 영산회상도와 시왕도가

설악산 신흥사로 돌아온 축제의 날

사부대중, 설악산 나무들과 바람, 계곡물까지

맨발로 뛰쳐나와 일주문 앞에서 오체투지 한다

본지환처本地還處

본래 있던 자리로 돌아온다는 건 눈물겹다

버선발로 뒷걸음치다가 다시 돌아서는

고깔 쓴 흰나비 떼

금빛 바라로 청남 빛 하늘을 펼치자

설악산이 서기瑞氣로 일렁인다.

　　　　　　　　　　　　—「본지환처本地還處」 전문

　한편 국내 여행지 몇 군데 다녀온 곳을 살펴보기로 한다. 우리나라에서는 경치가 수려하고 지리적으로 명당인 곳은 대부분 사찰이 자리하고 있다. 주로 동해에 자리한 사찰을 시로 썼다. 설악산 신흥사를 소재로 쓴 몇 편의 시는 속초 편에서 언급할 예정이다.

「본지환처本地患處」는 원래 있던 자리로 돌아온다는 뜻이다. 한국전쟁에서 사람이 다치고 가족들이 헤어진 것만은 아니다. 신흥사에 있던 성보문화재가 전쟁 통에 사라졌다. 훗날 알고 보니 신흥사에 주둔했던 미군 병사가 〈영산회상도〉와 〈시왕도〉 열점을 가지고 미국으로 가버렸다. 그 후에 우연히 애타게 찾던 문화재가 로스앤젤레스 카운티 미술관(LACMA)에 무단 반출되었음이 알려졌다. 여섯 군데를 칼로 찢어 놓은 〈영산회상도〉를 미국에서 복원한 후 〈영산회상도〉와 〈시왕도〉 여섯 점을 비롯하여 신흥사 스님들과 '우리 문화재 제자리 찾기 위원회' 회원분들이 애쓴 덕분에 66년 만에 설악산 신흥사로 돌아왔다. 하지만 아직 돌아오지 못한 〈시왕도〉 네 점은 미국 뉴욕에 소장하고 있는 것으로 추정이 된다.

2020년 11월 9일은 축제의 날이었다. 신흥사 통일대불 앞에서 설악산 바람과 계곡물, 나무들이 함께 추는 바라춤을 시작으로 〈영산회상도〉와 〈시왕도〉 여섯 점 귀국 환영 기념 법회가 열렸다. 66년 만에 고국을 떠나 헤어졌던 성보문화재 일부가 「본지환처本地患處」 고국의 품으로 돌아오듯이 어서 통일이 되어 북에 고향을 둔 실향민들이 가족들과 상봉하는 그날이 오길 바라는 마음이다.

홍연암 처마 아래 삼족섬을 쓰다 듬는다 // 〈중략〉 그를 쓰다듬으면 재물이 들어오고 소원이 / 성취된다는 말에 사

람들은 황금두꺼비를 쓰다듬으려고 / 땡볕에 줄 서 있다 //
〈중략〉 다리가 셋인 황금두꺼비 이마와 발을 / 붙잡고 손을
떼지 못하고 있으니 / 지나가던 바람이 어깨를 툭 친다

　　　　　　　—「삼족섬三足蟾을 쓰다듬다」 중에서

　작품 「삼족섬三足蟾을 쓰다듬다」는 낙산사 홍련암에서
삼족섬을 만져보고 난 후에 쓴 시이다. 시에서 인간들의
욕심은 하늘을 찌를 듯 끝이 없다. 고요한 법당에서 마음
비우는 기도를 하고 나오자 나를 비롯해서 돌아서서 "재
물이 들어오고 소원이 / 성취된다는 말에" '삼족섬'을 쓰
다듬으려고 보살들은 줄 서 있다. 홍련암 앞 바다 파도까
지 내 뒤에 줄 서 있는 아이러니한 풍경을 시로 써서 독자
들한테 해프닝을 자아내게 했다.
　「능陵을 거닐다」는 경주 대릉원 천 년 전 왕들의 무덤이
소왕국을 이루어 놓은 듯하다. 천마총을 보며 죽어서도
영생을 기원하는 이집트의 피라미드나 왕가의 계곡을 연
상했다. 궁궐 같은 무덤에 관한 긴 글을 쓰고 싶었다.
　이번 시집에 게재된 기행시는 외국과 국내 여행에서 만
나고 느낀 소회를 시로 표현해 보았다. 여행은 진솔한 자
신과의 만남이며 성찰이다. 나에게 있어 여행은 나를 충
전시켜 주는 배터리이며 내 삶을 풍요롭고도 성숙하게 해
준다. 그 유효기간이 오래 가서 행복하다.

7. 詩, 속초를 그리고 또 그리다

속초에 처음 이사 오던 날 각오를 했다. "시인은 영혼의 화가이다."라고 디즈레일리가 말했듯이 '그래, 속초에 있는 한 속초의 모든 것을 내 작품 노트에 담으리라'고 하면서 내 詩 속에 속초를 그리고 또 그려보자 하고 다짐했다. 그렇게 20여 년을 살면서 설악산과 속초를 시와 수필로 여러 편을 썼다.

그리고 『갈뫼』 동인지나 각종 문예지에 발표를 했으며 첫 시집 제목도 『속초바람』이다. 이젠 대청봉 바람이 나를 붙잡아 속초를 떠나질 못한다. 그렇게 속초 사람이 되어 내 머리카락에도 끈적한 소금 냄새가 났으며, 속초의 눈부심에 홀려서 살아왔다. 그런데 요근래 속초가 수상해져 가고 있다. 고층 아파트와 높은 건물들이 우후죽순으로 도시 한복판에 들어서자 속초 시내에서 잘 보이던 대청봉과 동해 바다가 보이질 않는다. 서울에서 바닷가 마을로 이사 왔을 때 낯설었는데 요즘은 눈부시게 변화되는 속초가 다시 낯설어지고 있다.

1) 설악을 노래하다

이십여 년 전 3월 이사오던 날은 꽃샘추위와 함께 밤새 부는 바람 소리 때문에 유배지에 온 듯 했다. 그 무렵 속초에서 처음 만난 엄청난 바람을 보고 「속초바람」에 대한 연작시 10편을 썼다. 점차 시간이 지나자 겨울 설악과 미시령, 바다와 호수, 속초의 풍광들이 수묵화가 되어 내 눈에 들어오기 시작했으며, 청호동 실향민들의 애환이 나의 아픔이 되어 가슴에 울림으로 다가왔다. 자연이 좋아서 그런지 사계절 변화무쌍한 설악산이 거대한 아이맥스 영화관 같아서 자주 오르다가 보니 비선대, 토왕성 폭포, 신흥사, 흔들바위와 울산바위 등 다양한 모습의 설악을 원고지에 그리며 시를 쓰고 또 쓰며 행복했다.

토왕성 빙벽 폭포 정수리
넘어가는 해가 얹혀 있다
누가 켜놓았는가 거대한 촛불이다

사람들은 촛불을 친견하려고
촛농으로 굳어진 차가운 벽에
얼굴을 비비며 거미처럼 오르고 있다

살아가는 일이 때론 빙벽을 오르듯
절체절명 고독 같은 것임을

토왕성 계곡을 빠져나온 세찬 바람에
촛불은 꺼지고
얼음벽에 매달려 흔들리는 거미들
견고한 고독을 즐기고 있다.

　　　　　　　　　　　　　　—「견고한 고독」 전문

〈상략〉담벼락 어깨와 등을 밟고 올라간 죄 / 단풍 들면 힐끗힐끗 법당을 염탐하며 / 현란한 옷자락과 붉은 입술로 보살들을 희롱한 죄 // 〈중략〉 // 신흥사 담쟁이 줄기가 / 〈중략〉 가슴에 참회록 같은 / 반성문을 쓰고 있다 빼곡하다.

—「반성문을 쓰다」 중에서

수백 년 암각문에 갇힌 시인 묵객들 / 한 명씩 이름을 호명하자 / 꿈틀거리며 암반 위로 걸어 나온다 // 〈중략〉 계곡을 흔드는 바람 소리, 물소리 / 호연지기 선비들의 글 읽는 소리 / 얼쑤, 무릎장단 맞춰 창唱 하는 소리에 / 봉우리마다 설악의 문이 열리고

—「비선대 암각문」 중에서

CD 루이스는 '시는 언어로 그리는 그림'이라고 하지 않았던가. 설악산을 마음에 담으며 수묵화를 그리듯 설악을 원고지에 시로 그리고 또 그렸다. 세 번째 시집 제목이 『물푸레나무 사랑법』이다. 또한 첫 수필집 제목이 『겨울 비선대에서』다. 설악을 주제로 시와 수필을 여러 편 써서 각종 문예지에 발표를 했다. 그림을 그리거나 글을 쓸 소재가 무궁무진한 설악의 사계절 중에 나는 겨울 설악 그 엄숙하고 비장한 침묵을 좋아한다.

이번 시집에는 겨울 설악을 묘사한 「견고한 고독」을 실었다. 비룡폭포 정상에서 건너다 보이는 토왕성 빙벽 폭포 해넘이를 보고 쓴 시다. 겨울이면 밧줄에 의지하여 토

왕성 빙벽폭포를 오르는 사람들이 많다. 예상치 않은 사고를 당해서 안타까울 때도 있다. 빙벽폭포 정상에 넘어가는 해가 얹혀 있는 모습은 촛농이 흐르는 거대한 촛불 같다. 어쩌면 침묵하는 대자연 앞에 몇 필의 흰 고독이 견고한 모습으로 걸려 있는 느낌을 준다. 겨울 토왕성 폭포를 주제로 시를 쓰다가 보면 "시란 강력한 감정이 자연스럽게 흐르는 것이다. 그것은 고요한 가운데 회상되는 감정에서부터 솟아난다."라는 워즈워스의 말이 생각이 난다. 이백은 중국의 여산폭포 물줄기를 보고 은하수가 쏟아져 내린다고 했다. '망여산폭포望廬山瀑布'가 저랬을까 하고 생각해 본다.

산문山門 밖에서 허덕거리는 삶을 벗어나 대자연의 경이로움 앞에 서게 되면 무아지경에 빠져들게 된다. 문득 좋은 음악을 듣거나 아름다운 자연경관을 접했을 때 느끼는 감동과 깨달음은 엔돌핀의 사천 배가 되는 다이돌핀이라는 호르몬이 무한정으로 생성된다고 했다.

시 「반성문을 쓰다」는 신흥사 담벼락에 빼곡히 매달린 붉은 담쟁이가 성찰하듯, 결국 시인은 스스로 부처님 앞에서 자신을 돌아보며 늦가을 신흥사 담벼락에 누구나 공감하는 고해성사 같은 반성문을 쓰게 된다.

작품 「비선대 암각문」에서는 비선대를 찾은 옛 시인 묵객들이 너럭바위에 자신의 이름과 남기고 싶은 글들을 각자로 많이 새겨 놓은 풍경을 노래했다. 바위 위로 유수 같은 세월이 물과 함께 흘러도 암각문이 된 글자들은 흘러

가거나 깎이질 않는다. 현대사회에서 유서 깊은 관광지 바위에 자신의 이름을 새겼다면 자연 훼손으로 엄청난 문제가 된다. 하지만 비선대 물소리 들으며 역사 속 시인 묵객들의 친필을 만나며 그들의 학문과 예술세계를 회고해 본다.

2) 속초, 묵은 옷 벗고 새 옷 갈아입기 한창이다

금년이 속초시 승격 60주년이 되는 뜻 있는 해이다. 자고 일어나면 속초는 변화하고 있다. 저녁이면 청초호수를 배경으로 색색 조명으로 새로이 단장한 엑스포장 야경은 환상적이다. 흡사 외국 어느 나라의 야경을 즐기는 듯한 느낌을 준다. 2027년이면 용산과 속초 구간 KTX가 연결이 되고 속초는 강원도에서 급부상하는 관광 및 교통 도시로 각광을 받게 된다. 그런 이유로 요즘 속초는 변화하고 있다. 즉 묵은 옷을 벗고 새 옷 갈아입기에 한창이다.

사흘 후면 북쪽 고향으로 돌아가길 염원했던 실향민들이 한 분씩 북망산으로 떠나고 수복 도시 속초는 변화의 물결 속에 치솟는 땅값과 함께 이제 옛날 속초가 아니다. 빠르게 발전하고 변화되어 가는 현실 앞에서 주민들은 어리둥절할 때가 있다.

오징어들이 허공에서 / 만국기처럼 / 펄럭이던 때가 있었다 〈중략〉 // 긴 세월 빛바랜 빨래로 널려 있던 / 눈이 붉은

오징어들 / 하나둘 북망산으로 떠나고 // 70년 청호동 하늘
을 떠받들던 / 슬프고도 긴 바지랑대 / 뒤태도 그림자도 남
기지 않고 / 삐거덕 그렇게 사라졌다.

—「슬픈 바지랑대」 중에서

선글라스에 걸린 웃음들 / 호객 행위와 수다에 비린내 대
신 / 돈 냄새 풀풀 날리는 아바이 마을 // 〈중략〉 판잣집 문
앞 흩어진 신발들과 / 〈가을동화〉 포스터까지 / 실향민 박물
관으로 모두 이사를 갔다 // 〈중략〉 청호동엔 청호동이 없다.

—「청호동이 없다」 중에서

청초호수 위에 미끄러지는 불빛이

만장이 되어 펄럭인다

요령 소리 앞세우고

꽃상여 타고 떠나는 황천길

나 이제 이승을 하직 한다

어머니 손 놓고 돌아서던

북쪽 고향 집 마당에서

노제라도 지내고 싶구나

불쌍한 내 영혼을 위해

한밤중, 청초호 검은 물결 위로

오색 만장輓章이 펄럭이며

나를 배웅하는구나

—「청초호 야경 2 -만장輓章」 전문

살아오면서 인상 깊었던 경험은 누구한테나 소중한 기억으로 각인되어 있다. 속초에 이사 와서 처음 타본 갯배하고 청호동 골목마다 오징어가 만국기처럼 펄럭이던 풍경이 기억에 남아 있다. 그 모습을 보고 실향민들의 삶을 오징어에 비유해서 「오징어 덕장이 있는 청호동」이라는 시를 쓴 적이 있다. 그러나 20여 년 세월이 흐른 지금 오징어는 안 잡히고 가격이 하늘을 치솟자 오징어 덕장도 바지랑대도 자연스럽게 사라졌다. 지금은 텅 빈 덕장이 주차장으로 변했거나 잡초만 무성하다.

「청호동 야경 2-만장」은 제5시집에 실린 시로 이산 일세대 분들이 이제 한 분씩 황천길 떠나고 있다. 어머니 손놓고 돌아서던 고향 집 마당에서 노제라도 지내고 싶은 간절한 마음이다. 청초호수 불빛이 만장이 되어 미끄러지며 그들을 배웅한다. 얼마나 절절한 마음인가. 분단의 아픔은 현재 진행형이다.

「청호동이 없다」는 「슬픈 바지랑대」와 같은 맥락에서 쓴 시다. 휴전 후 실향민들의 삶을 상징하던 청호동의 모조품 갯배를 비롯하여 조립식 판잣집, 고기잡이하던 그물 등 실향민들의 일상이 속초시립박물관으로 옮겨졌다. 오늘날 물질우선주의 시대가 되다보니 세상은 초 단위로 변해가고 상업화 물결에 청호동 역시 민감하지 않을 수가 없다. 관광객들은 70년 전쟁의 상흔이 남아 있는 청호동의 아픈 속살을 살피기보다는 커피잔을 들고 아바이 마을 골목을 거닐며 금강교와 설악교를 배경으로 바다 풍경이

나 갯배 모습을 스마트 폰에 담기에 바쁘다. 청호동의 낡고 빛바랜 판잣집과 남아 있는 전쟁의 상흔이 청호동 아바이 마을의 상징일 수도 있다. 하지만 변화의 물결 따라 묵은 옷 벗어버리고 새 옷을 갈아입는 건 당연하다.

> 〈상략〉 전쟁이 끝나자 속초역이 사라졌다 // 〈중략〉 피난 보따리 머리에 이고 / 속초역 플랫폼을 빠져나올 때 눈물 훔치며 따라 나오던 기적 소리 // 오징어 배 따고 그물 깁던 손길들 / 영혼이나마 고향 땅으로 가려는 듯 / 이북 오도민 묘역, 이산 일 세대 봉분들이 / 휴전선 지나 북쪽을 향해 달려가고 있다 // 실향민들 가슴에 칠십 년 동안 / 울고 있는 원산행 기적 소리 // 분명, 속초엔 속초역이 있다.
>
> ─「속초엔 속초역이 있다」 중에서

몇 년 전에 「속초엔 속초역이 없다」라는 시를 쓴 적이 있다. 그 후 5년이 지나서 다시 「속초엔 속초역이 있다」라는 아이러니한 시를 써서 한국시인협회 사화집에 두편 모두 발표한 적이 있다. 속초에 와서 사람들한테 속초역과 철길 얘기를 많이 들었는데 철길은 보이지 않았다. 속초역이 있던 주소를 알아서 찾아갔지만 역의 흔적은 어디에도 없었다. 역은 이미 철거가 되고 속초시립박물관에 조립식 모형으로 만든 역이 있었다.

원산까지 달리며 물자 수송과 피난민들을 실어 나르고 남과 북의 가족들이 서로 교류하던 역이 사라졌다. 전쟁

후 이산離散의 상징이던 속초역이 그대로 남아 있어야 하는데 안타까운 마음이 들었다. 이제 고향을 그리워하던 이산 일 세대들이 점차 북망산으로 떠나고 있다. 시 「청초호 야경 2-만장」은 5번째 시집에 실린 시로 이승을 하직하는 그들의 황천길을 배웅하듯 청초호수 불빛이 만장처럼 밤 청초호수 위로 미끄러지는 아픈 모습을 시로 썼다.

70년 세월이 흘렀지만 실향민들 가슴에는 동해 북부선 원산행 철길과 속초역 기적 소리가 아직 가슴에 남아 있으리. 북에 고향을 두고 온 그들한테는 분명 속초엔 속초역이 살아 있다.

태양신을 숭배하던 이집트 오벨리스크*가
언제부터인가 속초에 상륙했다

다홍빛 아침 해가 바다를 물들이면
사람들은 태양신을 접견하려고 바닷가에 모여들고
투기꾼들은 깃발 흔들며
바람의 방향 잡기에 분주하다

하늘을 찌를 듯 우뚝 솟은
장엄한 불후의 성城 망치 소리 따라
바다가 보이고 층이 높을수록
아파트는 미다스 손이 된다
갈매기들이 일제히 피켓 들고

방파제 위에서 아우성치지만

속초, 그리고 오벨리스크
파도들의 벽돌 쌓기는 아직 끝나지 않았다..

　　　　　　　　　　—「속초, 그리고 오벨리스크」 전문

〈상략〉 보름달이 신음하고 있다 // 고층 아파트와 건물이
/ 우후죽순으로 올라와 길 잃은 달이 / 콘크리트 벽과 벽 사
이에 끼어 / 빠져나오질 못하고 있다 // 〈중략〉 / 달이 신음
하고 있다 / 나도 잠 못 이룬다.

　　　　　　　　　　　　　—「달이 신음하고 있다」 중에서

　2027년 KTX 개통을 앞두고 교통중심 도시가 될 속초
는 급변화 하고 있다. 시가지는 재개발 붐이 일고 사람들
의 인식도 많이 바뀌고 있다. 시대가 변함에 따라 분명 속
초도 묵은 옷 벗어버리고 새 옷으로 갈아입어야 한다. 그
러나 속초는 전쟁의 상흔이 남아 있는 수복도시로 역사적
으로 많은 의미가 있는 도시다. 그렇기 때문에 보존하고
보유해야 할 속초의 소중한 옛것들이 사라짐에 대해 아쉬
운 마음이 든다.
　속초 어디를 가도 보이던 설악산과 바다가 고층 아파
트의 난립으로 보이질 않는다. 속초 곳곳에는 신축 아파
트와 건물을 짓기 위한 망치 소리가 한창이다. 마치 이집
트 오밸리스크처럼 높아지는 건물 때문에 청초호수 철새

들이 이동할 때 유리창에 부딪히지 않을까 아니면 허공을 건너가던 달이 빌딩이나 건물 사이에 끼어 신음하고 있지 않을까 이런저런 걱정에 잠이 오지 않을 때가 많다. 「속초, 그리고 오벨리스크」와 「달이 신음하고 있다」에서 긍정적인 변화일 수도 있지만은 그렇지 않은 속초의 현실을 써봤다.

영랑호수 뒷산에 화상 입은 / 등 붉은 고래 몇 마리가 / 엎드려 있다 〈중략〉 // 4월 화마가 불춤 추며 숲을 태우고 / 만개한 진달래가 연기 되어 날아가던 날 / 온몸에 화상 입은 고래들 // 〈중략〉 전생이 그리운 등 붉은 고래들 / 엎드려 숨 몰아쉬며 적멸에 들고 있다.

ㅡ「등 붉은 고래의 소원」 중에서

2019년 4월 4일 미시령과 고성 원암리 사이에 있는 야산에서 산불이 발화했다. 대형 산불이 미시령 아래 고성과 속초를 덮쳐서 공포와 함께 불의 도가니가 되었다. 영랑 호숫가에 불들이 뛰어다니고 건너편 산들은 온통 붉은 파도가 되어 넘실대는 듯했다. 그 후 일 년 뒤 불길에 휩싸였던 영랑호수 뒷산들을 보니 등에 화상을 입은 수십 마리 거대한 붉은 고래들이 엎드려 있는 것 같았다. 쳐다만 봐도 화상 입어 화끈거린 자리가 쓰리게 와 닿았다. 그 자리에 다시 나무들이 자라 숲을 이루고 등 붉은 고래들은 다시 바다로 돌아갔으면 하고 소망해 본다. 이 시는 산불로 인하여 소나무가 다 타버린 화상 입은 산의 모습을 전혀 이질적인 등 붉은 고래를 접목해서 화상과 붉음을 동일시하는 낯설게 하기 기법으로 써보았다.

8. 돌아보는 삶, 성찰하는 삶을 꿈꾸다

이번 6번째 시집 『나사못의 기억』은 스스로 내 詩 앞에 문을 두드리며 대화를 시도했다. 서두에는 유년부터 중년까지 깨달음과 삶을 풍요롭게 해주는 詩에 홀리게 된 연유를 썼다. 오랜 기억을 거슬러 올라가니 내 삶이 머물렀던 자리마다 자연의 향연이 펼쳐졌고 그렇게 내 詩心을 키워 준 꽃자리들이 나를 시인이 되도록 길을 터 주었다.

「참빗」 「놋그릇을 닦다」 「아버지의 책」 같은 시를 쓰면서 내 안의 뿌리, 그 원초적 이미지Image들이 나로 하여금 시를 쓰게 했다. 창작은 내 안에 동굴처럼 웅크리고 있던 무의식의 세계를 흔들어 깨우는 자아 발견이었다. 그 속에서 빛을 찾아 동굴을 더듬다가 보니 내 존재의 뿌리들이 섬광처럼 다가왔다. 그런 연유로 발설하고 싶지 않던 가족사를 시에 언급하며 카타르시스와 함께 마음이 정화되고 편안해짐을 느꼈다.

또한 살아가면서 타인의 아픔이 나의 아픔이 되는 슬픔의 전이를 한 번씩 경험하게 된다. 슬픔의 전이는 꼬리가 길다. 작년 10월 마지막 날 핼러윈 데이의 아픔과 통증은 꼬리가 너무 길어서 좀체 치유가 안 될 것 같다. 「바라춤

을 추고 싶다 2」는 그날의 통증을 시로 쓰며 망자들의 극
락왕생을 빌고 또 빌었다.

현대 사회의 단절과 고령화로 인한 외로움과 질병, 치
매와 생계 문제들이 가슴에 아프게 와닿았다. 그런 소외
계층의 분들이 행복을 누릴 수 없는 사회문제가 되는 현
실의 아픔을 염두에 두고「외로움의 극지」와「종이탑」을
썼다.

가끔은 주제가 선명한 그림이나 음악 등 그 외 다양한
예술 작품을 감상하면서 예술이 전해주는 희열과 전율을
느끼며 공감대를 갖게 된다. 그림「풍설야귀인風雪夜歸人」
과 음악「미궁에 들다」가 대표적인 예이다. 또한 글을 쓰
면서 우리말 다의어多義語나 동음이의어同音異義語에서 오
는 기교적인 표현에서 가끔씩 말놀이 같은 언어유희를 의
식적으로 묘사하며 창작을 즐기기도 한다.

한편 국내외 여러 곳을 여행하면서 느낀 바를 시로 썼
다.「사막의 해」「왕가의 계곡」「누에 깃을 치다」「삼족섬
三足蟾을 쓰다듬다」등 서로 다른 여행지에서 보고 듣고 현
장 체험까지 하고 돌아와서는 열심히 복습까지 한다. 내
가 쓴 기행시를 읽으니 낯선 거리에서 시계의 시침과 분
침이 되어 서성이던 내 모습이 클로즈업 되었다. 여행은
나를 충전시켜 주는 배터리가 되어 삶을 풍요롭고도 성숙
하게 해준다.

「본지환처本地患處」「비선대 암각문」과「견고한 고독」
그리고「청호동이 없다」「속초엔 속초역이 있다」시를 쓰

면서 속초와 설악을 시로 그렸다. 속초에 이사 오던 날 내 작품 노트에 속초의 모든 것을 흡수시키리라 하며 스스로 다짐을 했다. 속초의 자연 풍광을 시로 그리며 행복했고 실향민들의 아픈 삶을 시로 표현하며 가슴이 아팠다. 그렇게 내 시가 속초와 살 섞으며 익어감에 감사했으며 내 작품 노트에 속초 그리기는 계속 진행 중이다.

요즘 속초가 묵은 옷을 벗고 새 옷 갈아입기에 한창이다. 그런 모습이 때론 낯설고 불편하지만 언젠가는 익숙해지고 적응되리라 믿는다. 전쟁의 상흔이 생생하게 기록된 바닷가 소박하고 작은 도시가 영원히 지워질까 걱정이다.

6번째 시집 『나사못의 기억』을 엮으며 수년 동안 써온 내 詩의 문을 열고 이 방 저 방 들어가 살펴보았다. 그 방들의 구조나 빛들이 썩 마음에 들지 않았다. 하지만 그 방에는 자신의 숨결과 체취가 남아 있어 익숙했고 비밀을 훔쳐보듯 속울음을 삼키기도 했다. 시인 스스로 본인 작품해설을 쓴다는 건 독자들과 간격을 좁히는 계기도 되겠지만 부끄럽기도 하다. 또한 지나간 삶을 돌아보며 성찰하는 삶을 다시 꿈꾼다. 그러면서 시인은 시와 재회하며 자아와 손을 잡고 삶의 순간마다 마음 안에 견고한 탑을 쌓아가듯 글을 쓴다.